摸西摸西 著

記憶裡的陌生人

目次

楔子：關於記憶

爬滿皺紋的手，拉開木質書桌的抽屜，將躺在裡頭的日記本，小心翼翼地捧出，輕置桌面，以指腹撥去日記本上的灰塵。

她微笑著，看著這本頁緣泛黃的日記，腦中湧現無限回憶。

「奶奶——」

有個小男孩跑到她身邊。

她低下頭，勾起唇角，溫柔的說：「找奶奶有什麼事嗎？」

年紀看來五、六歲的小男孩沒有立即回答她的問題，他的視線飄向桌面的日記，「奶奶，妳又在看爺爺的日記嗎？」

她微微頷首，「雖然它被我收在抽屜內，但若是沒有定時保養，上頭會積一層灰的。」

小男孩噘著嘴，說：「這本日記真的有那麼重要嗎？」

聞言，她輕笑出聲，「小孩子不懂。這本日記是我跟你爺爺的回憶，是我的寶貝啊！」

小男孩睜著雪亮的眼睛注視著她，「奶奶，我想聽妳和爺爺的故事，可以嗎？」

她先是一愣，隨即說道：「可以啊。這故事說起來需要花上一點時間，你去端一些餅乾過來，回頭再慢慢說給你聽。」

小男孩用力點頭，匆忙衝出房間。

「奶奶我回來了！」沒多久，小男孩興高采烈的端著盤子回到房間，一屁股坐在椅子上，眼睛緊盯著她。

看到孫子如此期待，她無奈的笑了笑，「別急別急，奶奶這就說給你聽。」

小男孩從盤中挑了一塊餅乾放進嘴裡，邊咀嚼邊說：「奶奶，以前的事妳都記得啊？」

她微微頷首，自豪地說：「當然！別看奶奶今年七十多歲了，以前的事我可是記得一清二楚呢。」

小男孩的眼睛泛著光芒，嘴巴張得大大的，「哇！奶奶妳好厲害，那妳快說故事給我聽吧！我好想知道哦！」小男孩著急地催促她。

「你耐心聽，這故事一天是說不完的，但無論花上幾天我一定會將這個故事全部告訴你。」她清了清喉嚨，視線飄向窗外，「我跟你爺爺是青梅竹馬，但是我們直到高中才變得熟悉，你爺爺他……」

她不疾不徐地敘說過往的回憶。

那是她最寶貴、最難忘的過去……

第一章：不熟悉的青梅竹馬

房內炙熱的溫度吵醒淺眠的紀憶年。

電扇的嗡嗡聲，帶給耳朵極大負荷。她的額上盡是汗水，身上也因為汗水帶著黏膩感，睡意也隨之退散。睡不著了。

身旁的弟弟妹妹仍熟睡著，她躡手躡腳地離開房間，梳洗完畢後走進廚房準備早餐。

早起準備一家人的早餐已成為日常。父母工作辛勞，她主動分擔家務事，盡可能減輕他們的負擔。

就讀高一的她，底下還有一個國二的弟弟和國小六年級的妹妹。家中經濟狀況並不好，雖是雙薪家庭，但經濟狀況依然糟糕。

經濟不景氣，父母的工作皆非高薪，又因為父母當年結婚不被家人祝福、認同，結婚資金不足，為了籌辦婚禮到處借錢，落得一屁股債務，自她有記憶以來，他們一家便過著辛苦、節儉的生活。

紀家居住的社區有個界線。一邊是豪華透天厝；另一邊則是裝潢極簡陋的小社區。

紀憶年替自己和弟弟妹妹準備吐司夾蛋配上溫豆漿。將父母的份放入電鍋保溫，以便他們起床時能享用到溫熱的早餐。

接著，她走回房間，喚醒弟弟、妹妹。

睡眼惺忪的他們，行動速度緩慢。她擔心上學會遲到，趕緊動手將他們拉進浴室刷牙洗臉。

梳洗完畢，三人拎著書包，帶上早餐，便出門了。

依序送弟弟、妹妹到學校，簡單交代他們記得吃早餐、上課要專注後，紀憶年也趕在七點三十前跑向自己的學校。

她就讀的地方高中，離住家至少有十五分鐘的路程。

送弟弟、妹妹上學的路上耗了些時間，現在趕去學校可能也剛好壓線。

果然，她剛好在鐘聲響起前一分鐘踏入教室，差一點便要與全勤獎擦身而過。

她所讀的學校集結許多本就住在附近的學生，其中也包含很多紀憶年熟識之人。

「年年——」

光聽聲音，她便知道聲音的主人是誰。

范曉菁，她的國中同學兼死黨。兩人在高中再次成為同班同學。

此外，紀憶年還有一個同班十年的青梅竹馬——莫陞。

他們倆的緣分從國小開始，不僅如此，兩人所住的地方僅隔著一條巷弄。

雖說是隔著一條巷弄的鄰居，但，卻是高級社區與平民區的差異。

而且，兩人是不熟悉的青梅竹馬。

如同他的名字，她對他真的很陌生。她對他的認識都是從別人口中得知。

兩人都是成績頂尖的學生。原先兩人成績並駕齊驅，自國中起有了差異。他是永遠的第一，她則是永遠的老二。

好勝心強的紀憶年為此非常生氣。

她擁有極佳的記憶力，但，不努力讀書，她也無法維持成績。有些事情只能藉著不斷努力、累積才能辦到。

為了爭取獎學金，她拚命讀書。但，她始終贏不了莫陞，無法申請到最高額的獎學金。

若是有那筆獎學金，他們家的生活也會有所改善。

范曉菁是少數知道她家情況的人，也是唯一一個知道紀憶年對莫陞抱持高度競爭意識的人。

「年年，果然我們之間有難以割捨的緣分呢！」范曉菁興奮的說。

有個熟悉的人陪伴紀憶年固然高興，但就是沒范曉菁那般情緒高昂。

「緣分能持續多久，我們也不知道。」紀憶年說。

聞言，范曉菁不禁皺眉。趁紀憶年低頭解數學題目時，伸手捏了她的腰間一把。

「啊！」紀憶年吃痛地哀嚎一聲，「妳幹嘛？」

范曉菁嘟著嘴，頭高高揚起，「我們的緣分會持續一輩子的！」

紀憶年敷衍地回應她，「哦。」

持續一輩子，並不簡單。

她繼續低頭算數學，范曉菁自找沒趣，走到另一邊找其他人聊天。

上課了，紀憶年仍繼續算數學。她太過專注，完全沒聽到老師的呼喚。

一直到鄰桌同學以指尖敲擊她的桌面，她猛然回神，抬起頭，和台上的物理老師對上眼。

她這才明白，原來現在是物理課！

「紀憶年，認真學習是好事，但我上課妳總得聽一下吧。」物理老師的臉色有些難看。

紀憶年起身向物理老師道歉，「老師，對不起，我會注意的。」

老師隨意揮揮手讓她坐下，接著繼續上課。

像她這種認真學習的學生，老師們都很喜歡她。基本上他們都是睜一隻眼閉一隻眼，頂多提醒，不會懲罰。

這算是資優生的特權吧。

★

放學後，紀憶年第一個衝出教室，趕著到賣場買菜。

每一天晚餐的食材都是她去賣場詢問是否有淘汰的蔬菜，或是即期肉品，讓她帶回家。

因為她是賣場的常客，賣場的阿姨看到她都會主動將蔬菜、肉品塞進她的購物袋內。

像她今天拿到半顆高麗菜、兩盤冷凍排骨，還有一些賣相差的蘿蔔。

她滿心歡喜地回家，這些食材足以煮一頓豐盛的晚餐，她迫不及待要回家大展身手。

回到家，妹妹立刻撲上前抱住她，「姐姐！」

她寵溺地摸摸妹妹的頭，「今天有排骨吃哦！」

聞言，紀蒔音綻放燦爛的笑容，「耶！姐姐，我要幫忙。」

「嗯，那就麻煩妳幫忙洗菜囉。」

弟弟紀實麟聽到聲音走下樓，跟著進入廚房幫忙。

三個人在廚房忙進忙出，一同完成了晚餐。

「我要開動了。」三人異口同聲說道。

沒有開電視，吃飯時他們秉持著食不語，屋內靜悄悄的，僅有湯匙碰撞到碗盤的聲響。

三個孩子間圍繞著溫馨的氛圍，與冷清的空間形成對比。

用完餐，三人也是分工完成收拾工作，而負責倒垃圾的紀憶年則是走出屋外。她望向對面高聳的透天厝，苦澀一笑，眼神中透著淡淡的哀傷。可轉念間，她卻坦然地笑了。

她現在很幸福，足矣。

「垃圾車快來了，妳還要繼續發呆嗎？」

回過神，她轉過身，看到莫陞站在她後方，手裡拎著書包。

「你剛下課？」紀憶年盯著他手上的書包。

莫陞不發一語，繞過她，往自己家的方向走去。

被忽視的紀憶年，心裡很不是滋味，「誒，我在跟你說話耶！你怎麼無視我啊？」她朝他大聲喊道。

莫陞停下腳步，沒有回頭，只是冷漠地說：「管好妳自己就好。」

她皺起眉頭，有意關心他，卻得到一句冷漠的回應，紀憶年覺得莫陞未免太瞧不起人了。

「你就不能好好回話嗎？我也是關心你耶。」

莫陞低頭看著地面，半晌，以只有兩人聽得到的聲音，開口，「抱歉。」

他道歉了，紀憶年的怒氣也漸漸消退。

此時垃圾車抵達，倒完垃圾紀憶年就趕緊進家門。

並非第一次在倒垃圾時遇到他，但這還是她第一次和他在住家附近對話，雖然內容像是在吵架……

她走到廚房，將父母的晚餐放入電鍋保溫，貼一張寫了字的便條紙在冰箱，抹去臉上的汗水，往房間走去。

推門進入房內，弟弟、妹妹在做功課。房內只有一張大圓桌，三人擠在這張桌子讀書，顯得有些擁擠。

紀憶年將桌面收拾一番，整理出一個空間讓自己讀書。

她先去盥洗，盥洗完便開始背歷史年代。

「姐姐，這題我不會。」紀蒔音將作業轉向紀憶年。

紀憶年放下手中的課本，接過妹妹的作業，快速看了一眼，提起鉛筆，在上頭寫下一組公式。

「把公式帶入就可以算出來囉。公式要背起來，背起來就可以隨心所欲的運用。等等把我的計算過程擦掉，自己算一次哦！」她細心講解後，又繼續背單字。

或許在別人眼裡，會覺得她代替父母照顧弟弟妹妹很辛苦。但，她的內心無半字怨言。

翌日是第一次段考，紀憶年專注於手中的歷史課本。

弟弟妹妹很清楚她的性格，在房間也盡量降低音量，避免干擾到她。

「一八四零到一八四二是鴉片戰爭、一九三零是霧社事件……」

紀憶年死命將歷史事件年份塞進腦袋。高一是台灣史，雖然沒有中國史、世界史困難，但是歷史年代也挺多的。

好不容易背完歷史，緊接著又是英文單字。

直至清晨四點，她才放下手中的英文課本，趴在桌面小憩。

六點鬧鐘響起，她不做逗留，收拾課本，就立即走出房間準備早餐。

她一邊製作早餐，一邊看著黏在牆上的歷史年代表。

絕佳的記憶力仍需要辛勤的準備，兩者相輔相成才有辦法考得好成績。

她不是天才，她是靠她的努力才有現在的成績。

準備好早餐她便出門了。

原以為自己是最早進入教室的人，卻在踏入教室後看到坐在窗邊的莫陞。

想起前一晚兩人不太愉快的對話，她思考是否要和他問早。最後出於禮貌，她還是開口，「早安。」

莫陞從書中抬起頭，瞥了她一眼，「早安。」接著又低下頭。

得到回應的紀憶年感到心情愉悅，原先的尷尬感也消失殆盡。

倘若今日不是段考日，或許她會纏著莫陞追問他一堆事情。她想化解彼此間的不熟悉、誤解，她莫名地想要更加認識他。

坐到座位上，她從書包內拿出筆記，專注於今日的考試。她有把握這次一定能贏莫陞，她不會再輸了！

愈接近七點半，同學也陸續抵達班上。教室內的氣氛熱絡起來，嬉鬧的聲音逐漸上升。

紀憶年完全沉浸於自己的世界，完全沒有人能夠打擾她。

八點五分。同學們將課本及書包都拿到教室外擺放整齊。

更換到考試的座位後，紀憶年閉上雙眼，在腦中複習英文單字。

八點十分。考試鈴響起，監考老師發下考卷後，紀憶年提起筆，開始作答。對她來說，考試如同作戰，她必須打敗名為「考試」的怪物，才有機會贏過莫陞。

★

段考結束，紀憶年懸著的心才稍稍放下。

翌日，各科老師在講台前討論答案時，紀憶年的臉上少了淡然，多了一分緊張。

每次考試她最擔心的便是粗心大意。英文老師在對答案時，她發現自己選擇題錯了三題，單字題也粗心沒看清楚單複數。

她緊張地抿著下唇，目光飄向窗邊的莫陞。

只見他面無表情地拿著紅筆在考卷上快速畫記數字，她光憑動作便知道他的分數為何。

一百分，莫陞拿到一百分！

其他成績陸續出爐。紀憶年將所有考卷攤開擺在桌面，各科都是九十幾分，數學更是一百，唯獨地理八十八分，但這成績已經是頂尖成績了。

范曉菁以為自己早已見慣紀憶年的高分，但看到這個分數，她還是想吐槽，「妳好變態！」

紀憶年扯了扯嘴角，沒有說話。

鄰桌的男同學也探頭過來，「哇！真的好變態！妳考這種成績應該可以去第一志願啊！學霸不是都讀第一志願嗎？」

紀憶年僅是冷笑了笑，范曉菁則出面幫她緩頰，「誰說學霸都在第一志願？我們班有兩個學霸耶！每個人都有各自的苦衷，我們無法體會的。」

男同學似懂非懂地點點頭，被另一邊的同學呼喚，又轉頭過去跟他聊天。

范曉菁也被喚走，紀憶年趁著空檔看向莫陞。

她很想知道莫陞的總成績，但她沒有勇氣走去問他……

一直到回家收到總成績單，上頭除了有自己的成績之外，也有班上同學的總成績、排名。指腹下滑到莫陞的號碼。先是看到一整排一模一樣的成績，除了一個突兀的九十八分之外，其餘科目皆是一百！

回想自己備考的過程，她熬夜讀書，課本被她翻到嚴重磨損，可是……她還是考不贏他。

一股苦澀湧上心頭，她眼眶泛紅，扔下成績單跑出家門。

一路跑到附近的公園，公園內僅有零星幾位長者在運動。她走到鞦韆前，坐上鞦韆。使力，鞦韆盪了出去。

她已經找不到努力下去的動力了。
「紀憶年？」
聞言，她本能地轉過頭，看到莫陞站在右方不遠處，肩上仍掛著書包。
「妳在這裡做什麼？」他問。
紀憶年以迅雷不及掩耳的速度拭去眼角的淚水，她沒多想，立即起身。
才剛起身，莫陞突然開口：「妳不必跟我爭第一的。」
「蛤？」這句話惹怒紀憶年。她緊皺眉頭，狠狠瞪著他，「你看不起我嗎？」
莫陞搖搖頭，面無表情的說：「我是覺得妳很厲害。」
「為什麼？」紀憶年感到不解。
「即使輸給我，妳也從不放棄。但，我想應該還有其他……」
紀憶年沒有聽清楚他後面說的話，「後面那句你可以再說一次嗎？我沒聽清楚耶。」
莫陞逕自轉身，背對著紀憶年，平淡的說：「我走了。」
「欸！為什麼不回答我？欸——」紀憶年不斷呼喚他，可莫陞只是筆直地向前進，沒有回頭。
紀憶年目視他離開，猜不透莫陞的想法。
倘若天才是擁有九十九分的天生高智商，那麼一分後天的努力對莫陞來說又是如何補足的呢？他到底過著怎麼樣的生活？
經過一夜沉澱，紀憶年仍不打算放棄。
愈挫愈勇的人才會成功，這是她堅信的事，所以，她不會放棄的！

段考結束，迎來高一重大活動──英語動唱比賽。

紀憶年學業方面是學霸，但是才藝表演她就是個渣。簡單來說，她就是個音癡、舞癡。音樂課唱歌，走音的人總是她；從小到大，若是要跳舞，她一定躲在最後一排，因為她跳舞時總是同手同腳。

她有著超強記憶，能在短時間內記下樂譜、舞步，但沒有天生的音準、協調的肢體活動，她在才藝方面就是個渣啊！

范曉菁曾提議叫她不要上場，說對她自己跟班上都好，起初她不懂，但是范曉菁跟她解釋後，她頓時覺得拳頭癢癢的。

「年年，少了妳的『天籟』我們的耳根子會清淨些。」

她的眼角抽搐幾下，苦笑著說：「呵呵，謝謝讚美。」

范曉菁從紀憶年身上感受到些微殺意，她不自覺退後一步，「糟了！我惹小狼犬生氣了！」

聽到久違的稱呼，紀憶年不禁笑了出來，「噗哧──妳還記得這個綽號啊？」

「小狼犬」的綽號來自國一時的一位男同學。

有次班上有個女同學被幾個男同學欺負，紀憶年看不下去，上前找那些人理論。途中有個男同學出手打了紀憶年一巴掌，紀憶年知道賞巴掌這種事只在八點檔出現，這是專門對付小三和壞人的必殺技。

她不甘心自己被如此對待，怎麼樣也嚥不下這口氣，因此她出手回擊。別小看當時身高只有一百五十幾的紀憶年，打起架氣勢絲毫不輸給比她高大的男孩。

事後，她的臉上留下淡淡的疤痕，但是對方卻是身受重傷。幾乎全班同學都目睹這精采的一幕，被紀憶年打成重傷的男孩給紀憶年取了「小狼犬」的綽號。

最後，打架的人都受到懲罰，其中包含紀憶年。不過她的懲罰相對輕微。

自此，紀憶年在學校沒有再惹出風波。她專注於課業，曾跟她打架的男生也畏忌她的功夫，從此不敢招惹她。

漸漸的，小狼犬的綽號像是消失一般。

再度被提起，倒是讓她回憶起那段青澀時光。

★

鄰近十一月底，整個高一都為了英語動唱比賽加緊練習。

身為音癡、舞癡的紀憶年只好在咬字上多加著墨。但因為比賽規定全班都必須參加，她終究難逃上台表演。

為了對班級有所貢獻，她負責糾正同學英文咬字上的錯誤。

紀憶年嚴格糾正同學的錯誤，也有人因為被糾正而心生不滿。

「紀憶年也沒多了不起，怎麼就輪到她對我們指指點點了？」

「對啊！她那歌聲根本是凶器，跳舞動作又那麼不協調，她也只是說著一口流利的英文，有什麼了不起。」

那些閒言閒語都被范筱菁聽到了。她把聽到的都告訴紀憶年，然而，她根本沒放在心上，「他們有言論自由，想說什麼就讓他們儘管說吧。」

她沒有必要因為這件事去跟他們吵架。

逞嘴皮子贏了其他人又如何？這只會降低她的格調，有損她的智商。

范筱菁欣賞她的肚量，很少有人像她這般，不計較他人對自己的詆毀。

「筱菁，這種情況若是發生在學校也就算了，出社會後，如果遇到這種情況可以考慮走法律程序，這樣拿到賠償金的機率很高哦！」紀憶年認真的說。

范筱菁簡直哭笑不得。原來紀憶年不是有肚量，純粹是因為她不想做賠本生意啊！

紀憶年看到范筱菁對她翻了個白眼，她不解地問：「我沒說錯啊！跟他們理論，浪費我的體力、精神，害我沒有心情讀書怎麼辦？我不是傻瓜，不會做對自己不利的事。」

范筱菁懶得吐槽，掉頭就走。

「跟一個聰明人聊天很累餒。」她心想。

當班上大部分同學都忙於練習時，紀憶年則在旁觀察莫陞。她想看看莫陞是否會唱歌、跳舞。她想，除非他是十項全能，否則一個書呆子怎麼可能課業、才藝樣樣精通呢？

可，依她近期觀察，莫陞會唱歌，而且歌聲宏亮；會跳舞，不僅動作協調，而且每個動作都很到位，堪稱標準動作！

她發現自己完敗。莫陞根本全能！太不合理了。

週末，紀憶年在家苦練唱歌。為了不干擾到附近住戶的安寧，她關上門窗，還在縫隙塞報紙。

「姐姐，我好熱哦。」紀蒔音以手當扇子，手舉在臉頰邊搧啊搧。

紀憶年的語氣充滿歉意：「抱歉，你們忍耐一下，我練習結束帶你們去吃冰，補償你們。」

紀蒔音聽到待會兒有冰吃，她歡喜的說：「那姐姐快點練習吧，我跟哥哥到外面去。還有還有，我等等要吃蘇打冰哦。」

紀憶年輕輕搓揉她的頭髮，「好，妳跟哥哥先到爸爸媽媽的房間寫功課。」

她看向默不作聲的紀實麟，笑著說：「小麟，可以幫我照顧小音嗎？」

紀實麟頷首，「嗯，我會的。」

他的心裡很希望姐姐可以多信任他一點。她要處理的事情太多了，紀實麟真心希望她可以多依賴他。

在紀憶年關上房門的前一刻，紀實麟朝她大喊：「姐，別再把我當孩子！」

紀憶年先是一愣，接著莞爾道：「嗯，你不是孩子。」

輕輕關上門，隔出兩個世界。

關上門的瞬間，她背靠在門上，眼角湧現淚水。

紀實麟的話打動她的心。她一肩扛下許多責任，但是她不怨天，不怨人，更不打算怨恨父母。如果這就是她生來的使命，她認了。後天努力能夠改變命運，所以她拚盡全力，以知識充實自己，以成績麻痺疲憊不堪的內心。

很累，但，如果這些責任不由身為長女的她擔下，還有誰能夠擔起此重任呢？國中的紀實麟無法，國小的紀蒔音更是懵懂無知。

她知道自己不應該羨慕旁人，可是，假如，真的只是假如，她可以不用再為此煩心的話……該有多好。

時間來到週五，高一最大盛會英語動唱比賽登場。

經由不間斷的練習，紀憶年的音準比一開始好很多，不協調的舞步也及時調整過來。

雖然因為長時間練習，身體痠痛，喉嚨也有些沙啞，可她知道自己已經達到最佳狀態，她不再是班上的老鼠屎。

比賽開始前，全班集結在一起，由班長負責精神喊話。

「各位，今天就是我們大展身手的時候，把我們練習的成果通通展現出來吧！」

班上的同學都被班長的一席話鼓舞士氣，同學們臉上都帶著自信的笑容，除了莫陞，他仍是不改的平靜。

紀憶年的精神有些恍惚，她感到頭暈目眩，還有點噁心想吐。因此，她沒注意到莫陞的視線。

她硬撐著，壓抑身體的不適，佯裝若無其事的模樣，臉上仍帶著微笑。

「年年，妳臉色好差。」范筱菁擔憂的看著她。

紀憶年笑著搖搖頭，「我沒事。等等就要上台，我現在精神可亢奮呢。」

范筱菁仍不放心，「還是去一趟保健室吧，讓護士阿姨看一下。」

紀憶年在心底長嘆一口氣，她應該要先設想到會有現在這般窘境才對，若是她知道適可而止的話，她也不會因為過度操勞搞得現在病懨懨的模樣。

「筱菁，如果我現在到保健室，我可能就沒辦法回來參加比賽。我練習了好久，妳也看在眼裡，難道妳想讓我的努力白費嗎？」

范筱菁很為難，她也不希望紀憶年的努力付諸流水，可是……

紀憶年的手搭上她的肩膀，眼神堅定地望進她的眼眸，「比賽時間只有十分鐘，我相信我可以的。結束後我就去保健室，好嗎？」

范筱菁無奈地嘆氣，「好吧，比賽結束我會立刻帶妳去保健室。」

「嗯，沒問題。」紀憶年大力點頭，張開雙臂，抱住范筱菁。

范筱菁早知道紀憶年一旦下定決心便不會輕易放棄，她也只是希望她多關心自己。

★

「三班請上台，五班請準備。」

輪到紀憶年他們登場，全班整齊劃一地走上台，依序站上舞台的台階，排列出高、中、低三層。站在平面處的舞蹈組，臉上的裝容與台階上的同學不同，可以明顯看出差異。全班都穿著班服，展現出一個班級的團結。

表演開始前有一分鐘的預備時間，音樂組忙著試音，舞蹈組的和其他同學都已經低下頭，就等音樂組的鼓手敲下表演開始的節奏。

台下的吵雜聲在鼓手開始敲擊節奏時嘎然而止。由高至低，同學們一一抬起頭，面帶著笑容，自信地看向前方。

表演開始後，明明沒有多加思考，紀憶年的身體便不由自主的動了起來。這代表著，經由她反覆練習，一聽到音樂，她的身體便會自然做出反應。

陶醉在表演中，她忘記疲倦，全心全意投入表演。

表演進入後半段，原先站在階梯上的同學們一排一排的走下階梯，和舞蹈組一同站在舞台上。

接下來的表演突破歷年傳統原則，全班的同學都站在同一平面上，舞動身子，唱著歌。表演結束的瞬間，舞台正中央的同學排列出完美的「零」，左右兩側，從左至右則排出了阿拉伯數字的「一」、「三」。

台下響起震耳欲隆的掌聲，紀憶年看向台下，接著又看向身旁的同學，兩人激動地抱在一起。

內心的激昂難以形容，她以自己為榮，因為她做到了，她成功克服自己的弱點。

走下台時，紀憶年一時腿軟，重心不穩身體向前傾倒。

就在她以為自己要與地面來個擁抱時，她的腰間多了一隻手支撐住她的身體。轉頭一看，發現那隻手的主人竟是莫陞。

他將她扶正後，立刻與她拉開距離。

「謝謝。」紀憶年禮貌性的向他道謝。

范筱菁神情緊張地趕到她身邊：「我剛剛看到妳身體往前倒，幸好有莫陞，不然妳就要摔倒了！」

此時，她才發現紀憶年的臉色蒼白如紙。

「年年，妳這副模樣是想嚇死誰啊！我馬上帶妳去保健室，妳堅持住。」

紀憶年覺得好氣又好笑，「拜託，我又不是快死了，別這麼緊張嘛。」

「呸呸呸，別說那個字。走走走，去保健室。」范筱菁回頭看了班長一眼，「班長，我帶憶年去保健室哦。」

語畢，她扶著紀憶年往保健室的方向走去。

莫陞的視線遲遲沒有從紀憶年身上抽離，一直到她們消失在轉角處，他才收回視線。

來到保健室，護士阿姨幫紀憶年量體溫，發現她有些微發燒，想讓她填寫外出單，提早回家，但是紀憶年不肯。

為了全勤獎的獎學金，她絕不會因為發燒回家的！

拗不過固執的紀憶年，護士阿姨只好讓她先待在保健室休息，並讓范筱菁先回禮堂告知導師。

「年年，我等等再來看妳，妳就放心在這裡休息。」范筱菁替她蓋上被子。

「快回去吧。」紀憶年催促范筱菁趕緊回禮堂。

范筱菁微微頷首，向護士阿姨道謝後，便先行離開。

保健室內的溫度適宜，紀憶年躺在床上不久便睡著了。

睡夢中，隱約感受到一隻溫暖的手，輕輕撫上她的臉頰，她舒服地將臉靠了上去，還磨蹭那隻手幾下。

「爸爸、媽媽……」

好像已經好久沒有人如此溫柔的撫摸她的臉頰。

有多久了呢，或許那種觸感只存在於小時候吧。在妹妹尚未出生，弟弟還是嬰兒時，父母總會在夜裡輪流陪著她睡覺。哄她睡覺時，他們總會摸摸她的臉頰，輕捏她的鼻梁，在她耳邊道聲晚安。

多年來代替父母打理家事。她真的不想說自己習慣了，但恐怖的是，她好像已經習慣這種姐代母職的日常。

如果這樣可以減輕父母的煩憂，她甘願！

皺著的眉頭逐漸舒坦開來，對方的手也離開她的臉蛋，神情放鬆許多，低喃一句，「辛苦了。」

一小時後，紀憶年從睡夢中清醒。

范筱菁坐在一旁的椅子上滑手機，看到紀憶年清醒，她伸手撫摸她的額頭，「嗯，燒退了。」

紀憶年扶著額頭坐起身，「妳什麼時候來的？」

范筱菁困惑的看著她，「十分鐘前吧，怎麼了嗎？」

紀憶年搖了搖頭，「是做夢嗎？」她心想。

她拉開棉被，在不遠處的椅子上看到自己的書包，「放學了？」

「嗯，放學後老師才讓我過來的。我有幫妳收拾東西，少帶什麼再陪妳回教室拿。」范曉菁先一步起身，走過去幫她拿書包。

紀憶年感激的說：「謝謝妳。」

范筱菁擺擺手，一派輕鬆的說：「沒事啦，我們是朋友耶。不過，做為回報，可以教我數學嗎？」

紀憶年毫不猶豫地說：「不單是數學，英文也可以教妳。」

范筱菁聽到紀憶年如此大方地答應她，而且還買一送一，連她次要不擅長的英文也要教她，她激動地抱住紀憶年的腰，「看來我不用擔心被當了！」

紀憶年無奈地乾笑幾聲，「呵呵……如果還是被當的話，我也沒輒。」

范筱菁抱著紀憶年的腰，趁機磨蹭幾下，「唉呦，年年，我只能靠妳了。」

「……」

紀憶年懶得吐槽，索性不說話。

「對了，妳不在的時候，莫陸也消失一段時間，他好像也到保健室來了。」范筱菁歪著頭，雲淡風輕地說。

聞言，紀憶年不禁挑眉。莫陸來過保健室？那麼那隻手的主人會是他嗎？

但，他為何要在她睡著時碰觸她？難道……他是變態？

她想了幾十種可能，最終，她決定下個禮拜追問他這件事。

第二章：不吵不相識

隔週，紀憶年抵達學校後就一直觀察莫陞是否到校。

好不容易盼到莫陞進入教室，她鼓起勇氣，從座位上站起走到莫陞面前。

聽到腳步聲，莫陞抬起頭，看著站在他前方的紀憶年，他顯得訝異，但那也只是瞬間的事。

「有事？」莫陞冷漠的問。

紀憶年指向教室門口，小聲地說：「我們可以談談嗎？」

莫陞蹙眉，語調平淡的說：「在教室談就好。」

紀憶年咬著下唇，瞪著莫陞。

他倒是平靜，不改從容的看著她。

既然他不打算妥協，那她也只能豁出去了！

「英語動唱結束後你有去保健室嗎？」紀憶年大聲地問。

她就是故意的，既然莫陞不願意跟她到教室外談，那她就故意讓全班都聽到他們的對話內容。

莫陞失去了原先的鎮定，接收到四周掃射而來的視線，他不禁蹙眉，起身，一把抓過紀憶年的手，便往教室外走去。

「喂！你放開我，不要抓我的手啦！」紀憶年使盡全力想要掙脫，無奈莫陞的力氣之大，怎麼甩也甩不掉。

被莫陞拉著手來到一間空教室，進入教室，莫陞才鬆開她的手，別過臉，沒有看她。

紀憶年低頭看著自己微微泛紅的手腕，以另一隻手小力搓揉，「你害我的手腕紅起來了啦！」

聞言，莫陞抬起頭，緊盯著紀憶年泛紅的手腕，「……對不起。」

從莫陞口中聽到「對不起」三個字這還是頭一遭，紀憶年感到十分新奇，因為驚訝，嘴巴不自覺微微張開。

「妳想讓蒼蠅飛進去嗎？」莫陞又恢復到平常冷淡的態度。

紀憶年瞪了他一眼，剛才的驚訝通通一掃而空。

莫陞不以為然，拉了一張椅子坐下。

這時，七點半的鐘聲響起，紀憶年開始催促他。

「莫陞，時間不多了，你快回答我的問題啦！」

可是一開口，她又後悔詢問莫陞上週五的事情……

「……我有到保健室。」莫陞淡淡地說。

紀憶年沒想到他會回答，她決定追問下去，「那……你有看到我嗎？然後，你有……」她突然不知如何啟齒。接下來的問題過於曖昧，尚未說出口，她的臉蛋便微微泛紅。

莫陞沒注意到紀憶年的怪異之處，他平淡的問，「我有什麼？」

紀憶年鼓起最大的勇氣，簡潔有力地說：「你有用手碰觸我的臉頰嗎？」

話一說出口，她立刻羞澀的轉過身去，背對著莫陞，用手摀住自己的臉頰。

「啊——」

她在心底放聲尖叫。

說出一直憋在心裡的話心情舒暢，可是直接對著一個男生這麼問，何況對象是莫陞，她便感到非常難為情。

莫陞望著背對著他的紀憶年，微微勾起唇角，「欸，分明是妳來向我問事情，為什麼現在卻搞得像是我對妳做了什麼讓人誤會的事？」

紀憶年伸長手臂，在空中揮了幾下，人仍背對著莫陞，「不是，是這問題太曖昧……」

莫陞臉上的笑容越發明顯，可惜紀憶年背對著他，沒有看到這難得一見的景象。

「紀憶年，如果我是那隻手的主人，妳想怎麼做？」莫陞問。

「呃……」紀憶年腦袋一片空白。

如果他是手的主人，她第一個念頭應該是……他是變態嗎？

「莫陞，如果真的是你，你為什麼這麼做？」

「沒有如果，因為不是我。」

莫陞沒有多想就回覆她，紀憶年瞇著眼睛打量他，她看不出來他有說謊，她也不覺得莫陞是會撒謊的人，她也就相信他的話。

「不是就早說嘛，浪費各自的時間……」紀憶年快步走向門口，「我先回教室。」

紀憶年離開教室後，莫陞低下頭，若有所思地看著自己的右手掌。

其實，那隻手的主人確實是他。想到那日在碰觸到她的臉龐後，便立刻收回手。心虛地離開保健室，他也不知道當時的自己怎麼了。

或許是因為……心疼了。

不久他也離開教室，往班上走去。

回到教室後，他與紀憶年不免被導師念了幾句，不過，經由紀憶年跟老師解釋後，兩人才逃過被記缺席的命運。

如果被記缺席，她一定會找莫陞算帳，誰叫他不一開始就跟她到教室外談，非得逼她出狠招。

紀憶年回到座位上，范筱菁不停對她使眼色她都忽視了。在她心裡的疑惑尚未釐清前，她不希望任何人打擾她。

一整個早自修的時間，她都在思考上週五的事情。她的記憶不僅片面資訊上的記憶，對於觸感以及味道，她都能夠記在腦海裡，久久不會忘去。

她可以確定，那隻手的主人一定是男生。但，她不可能為此去觸摸班上每個男生的手掌，那是變態舉動，而且還會讓那些男生佔便宜……

一旦進入思考，紀憶年便聽不見外界的聲音，而她也就此忽略范筱菁的呼喚。

「年年……年年！」范筱菁在紀憶年面前大力拍掌。

紀憶年被巨響嚇了一跳，身體劇烈顫抖，「啊！范筱菁！妳幹嘛嚇我？」

范筱菁一臉無辜地看著她，「怪我囉？我叫妳不只一次耶！」

紀憶年後知後覺，尷尬的搔搔頭，「抱歉，我在想事情，所以才……」

「年年一旦開始思考，就聽不到旁人說話，這能力真令人又愛又恨。」

紀憶年無話反駁。

「話說，妳今天早上跟莫陞是怎麼一回事？我好好奇哦！」范筱菁開啟八卦模式，帶著詭異的笑容逼近紀憶年。

紀憶年扯了扯嘴角，「關閉妳的八卦模式。」

「幾乎全班的人都看到妳被莫陞拉出教室，同學們都在議論妳跟莫陞是不是在交往。誒，年年，妳就告訴我嘛。」范筱菁拉著紀憶年的手臂不停搖晃。

紀憶年拗不過她，湊到她耳畔低語，「他說不是他。」

「什麼不是他？」范筱菁疑惑地說。

她這才想起范筱菁根本不知道她找莫陞的原因，「沒事，問題解決了。」她滿臉笑容地說。

范筱菁覺得紀憶年怪怪的，但哪裡奇怪她也說不上來，「年年，妳真的沒有事情瞞著我？」

紀憶年的身體微僵，但隨即又若無其事的說：「沒有。」

「是嗎。」范筱菁不是喜歡猜測他人心思的人，也就沒有追問下去。

待范筱菁離開，紀憶年鬆口氣。趕緊從抽屜抽出數學講義，轉移注意力。

★

翌日，英語動唱的成績公布，三班獲得第三名，這個好消息讓班上同學的情緒非常亢奮，整天都無法專注上課。

辛勤努力練習的紀憶年也很興奮，放學後，她來到賣場，賣場阿姨告訴她今天有很多剩下的食材，讓她都帶回家去。

她開心地收下食材，抱著幾乎快要滿溢出來的購物袋回家，可是一踏進家門，激烈的爭吵聲便傳入耳中。

「你說你忙，我就沒多問。以為你是在為這個家努力，想讓我們過上好日子，但你卻在外面養小三？你對得起這個家嗎？」紀母朝著紀父大聲咆哮。

紀實麟捂著紀蒔音的耳朵站在角落，兩人的臉上都爬滿驚恐。

「我對這個家的付出還不夠嗎？努力了情況還是這麼糟糕，妳覺得我還過得下去嗎？如果我當初聽從媽的意思跟她在一起，我現在也不用過這種苦日子！」紀父不甘示弱，也朝著紀母怒吼。

紀母的身子僵硬，臉色蒼白。昔日的枕邊人竟說出如此傷人的話語，任誰聽了都會崩潰的。

紀憶年將購物袋扔至在地，走到兩個大人中間，大聲斥責，「不要在孩子面前吵架！」

兩個大人後知後覺地看向角落的兩個孩子，他們的心裡油然升起一絲愧疚。

紀憶年的眼眶酸澀，淚水就快潰堤，「你們完全沒顧慮到孩子的感受啊！」

「小年，妳不明白大人的苦心。」

「我是不明白。」紀憶年的心涼透了。眼淚順著臉龐滑落地面，「難道努力讀書爭取獎學金的我，就不辛苦嗎？還是說，在你眼裡孩子就是負擔？」

紀父被堵得啞口無言，冷靜後才發現自己情緒失控，傷了紀憶年的心。

「你們對爸爸來說絕不是負擔，爸爸愛你們啊！」

紀憶年抹去淚水，狠狠瞪著紀父，咬牙切齒地說：「但你想要拋棄我們。」

「不，小年，爸爸沒有那麼想……剛才說的都只是氣話，真的！」紀父慌了手腳，他想要讓紀憶年相信自己。

只是，紀憶年已經對他失望透頂。

她垂下頭，冷淡地說：「口是心非。」語畢，她轉身跑開。

「小年——」

紀父、紀母追到大門口，可紀憶年跑得很快，他們只能眼睜睜看著她的身影消失在他們的視線內，沒有繼續追上去。

紀憶年用盡全力狂奔，一直到商店區才減緩速度。

喘著氣，走在車水馬龍的商店街。一旁的行人，有的是剛下課的學生、剛下班的上班族，還有和樂融融，討論著要去哪用餐的一家人。

她漫無目的地走在街上，想尋求一處可以喘息的地方。

到底是哪個環節出錯了？為什麼他們家會變成這樣？

「紀憶年？」

她猛然抬起頭，迎上一雙熟悉的眼眸。

「莫陞。」紀憶年的語調帶著哭腔。

莫陞發現她臉上的淚痕，眼角也掛著淚珠，他沒多想，伸手拉過她的手，沒有詢問她的意見便拉著她走進一家餐館。

「您好，請問兩位嗎？」店員看到客人上門立刻上前招呼。

莫陞微微頷首，他始終拉著紀憶年的手。

店員注意到兩人之間微妙的氛圍，她低頭掩飾笑容，隨後又換上職業笑容，幫兩人帶位。

紀憶年任憑莫陞帶她來到位置，坐定位後，她仍處於失神狀態。

莫陞只是看著她，沒有開口。

店員也很有耐心的在旁等候。

直到紀憶年的肚子叫了一聲，他才向店員招手，示意店員點餐。

「妳想吃什麼？」莫陞將菜單轉面向她。

紀憶年伸手接過菜單，隨意瞄過一眼，有氣無力的說：「一杯水。」

「哪有人晚餐只喝水的。妳吃飯吃麵？」莫陞用手指著主食的區塊。

紀憶年搖搖頭，淡淡的說：「我沒錢。」

因為過於倉促，她沒有帶錢包出門，就算有她也不吃。

莫陞聽完，不禁皺眉，「妳出門不帶錢的嗎？」

紀憶年微微頷首，「有錢我也不吃。」

莫陞的眉頭越皺越深，「我先借妳，妳再還我就好。」他從身旁的書包內翻找出錢包。

「我不想欠你錢。」紀憶年冷漠的說。

莫陞從錢包內抽出兩張百元鈔票，放置在桌面，推到紀憶年面前，淡然的說：「先吃點東西比較重要。」

紀憶年落寞地垂下頭，身體微微顫抖，「……我很感謝你的好意，但，你這樣讓我覺得你就是看不起我，這是你對一個『窮人』的施捨對吧。」

莫陞聽完，眉頭深皺，「我是不想看妳餓肚子。」

「可是我跟你還沒熟稔到可以互相借錢的地步。」紀憶年逕自起身，對著一旁的店員說：「不好意思，水我不需要了。」語畢，她匆忙離去。

莫陞也不顧用餐的事，拎起書包，立刻追出去。

「紀憶年——」莫陞在紀憶年後方大聲呼喊她。

紀憶年沒有停下腳步，全力奔跑。她痛恨自己的窮困，痛恨自己在父母吵架時的無能為力。

倏忽，她的手上多了一分力氣，身體被用力向後拉。

她回過頭，看到氣喘吁吁的莫陞。

夜晚的視線不佳，但是透過四周店家的燈光，紀憶年注意到了莫陞額上的汗水。

她沒見過模樣如此狼狽的莫陞。平日，他都穿著被燙得平坦的制服，頭髮以髮膠抓出來的造型從沒亂掉過，也幾乎不曾在他臉上看見汗水。

如今，莫陞除了額上有汗水之餘，他的衣服起了皺摺，頭髮也亂亂的。

紀憶年不忍心甩開拚命追上自己的莫陞。

「我向妳道歉。」莫陞說，「我沒想過我剛才的做法會讓妳反感，我是出於好意。」他不疾不徐卻又誠意十足的說。

紀憶年在心底嘆口氣，淡淡的說：「抱歉，我剛剛也沒有注意措辭。你是真心想幫我，可我卻那樣對你……」

「沒關係。是我有錯在先。」莫陞難得放低姿態，這讓紀憶年很不習慣。

莫陞在她的印象中，一直是高傲、高深莫測的形象，但此時站在她面前的莫陞，會主動低頭向她道歉，也不計較她對他使性子，這真的很不尋常。難道，之前是她誤會他了？

她好像不曾了解過他，了解莫陞。

★

最終，紀憶年還是跟著莫陞回到餐館。莫陞自作主張替她點了一份滷雞腿飯，還有一杯紅茶。

等到餐點到齊，紀憶年盯著餐盤中的滷雞腿，呆愣片刻後，心裡油然升起罪惡感。

家裡的弟弟、妹妹不知是否吃晚餐了，何況他們也無法像她一樣，在餐館內享用雞腿飯大餐，她對他們很是愧疚。

「等等外帶兩份帶回去給弟弟妹妹吃吧。」莫陞從餐盤中挑出綠色豆子，將之推到餐盤邊緣。

紀憶年看到這一幕，又驚又喜，「你不喜歡吃豆子嗎？」

聞言，莫陞的臉上沒有太多情緒，「人都有討厭的東西，這又沒什麼。」

紀憶年挑起半邊眉，好奇他還有什麼討厭的東西。她半撐起身子，手撐在桌面上，臉靠近莫陞，「誒誒，那你還討厭什麼？」

莫陞的臉上難得露出一抹微笑，「好奇？」

紀憶年用力點頭，催促著莫陞，「告訴我嘛，我想知道。」

「不要。」莫陞板著臉，一本正經的拒絕她。

她不甘心地嘟著嘴，依然緊盯著他。

莫陞也盯著她，最後是紀憶年先感到不好意思而退縮了。

「……真的想知道？」

紀憶年頷首。

「那妳先坐好。」

紀憶年馬上坐下，一臉期待地看著他。

莫陞無奈地輕笑，「這麼著急啊。」

「齁，我都聽話了，你也別賣關子，快說啦！」她迫不及待想知道莫陞的祕密。

她認為自己若是掌握莫陞的小辮子，往後她跟莫陞對峙時就有了反攻的武器。

思及此，紀憶年的嘴角便不自覺上揚。

莫陞猜到紀憶年的小心思。不過，他並不在意，就算紀憶年握有他的把柄，他也毫不畏懼。

「如妳所見，我不喜歡吃豆子，我也不喜歡吃苦瓜。而我還有一個最討厭的東西……」

「是什麼？」

「……鐵鍊。」

莫陞在說這話時，神情十分哀傷。

紀憶年瞧見了，但又不好意思追問他為什麼要露出那種表情。

「鐵鍊？」紀憶年不解的問。

「並非實體的鐵鍊……」他話說到一半便停了下來。

紀憶年反覆思索這句話。非實體的鐵鍊，所以是虛擬的，虛構而成的……難道莫陞話中的意思，是他被無所遁形的鐵鍊束縛？

「莫陞，你的意思是……」

「輪到妳了，換妳告訴我妳為何而哭了。」莫陞直接打斷她，不讓她繼續問下去。

紀憶年看得出來莫陞的用意。他不希望她探索他的內心，既然如此，她也不問了。

「……你覺得家是什麼？」紀憶年問。

莫陞的臉色沉了下來，別過臉看向窗外，「不知道。」

紀憶年兀自苦笑一聲，淡淡的說：「因為需要獎學金去支付學費或是額外開銷，因為我們家的經濟狀況並不好，所以我努力讀書。

我從小便代替父母照顧弟弟妹妹。原以為我已經習慣了，習慣那些繁雜、辛苦的日常，一直到剛剛回到家，聽到父母爭論著誰最辛苦，我終究還是忍不住跳出來說出我的心聲……」

她突然語塞。內心那股酸澀使得她哽咽到說不出話。

「孩子是無辜的。」莫陞說，「大人確實辛苦，但，孩子也是。」

不知為何，聽到莫陞這句話，紀憶年的眼淚瞬間奪眶而出，「如果……我可以活得自由自在就好了……我一直在想，為什麼我得過得比別人還要辛苦？我知道我是幸運的，至少我不必流落街頭，仍有個家，但我只是希望一家人能夠不必為錢所苦。」

莫陞苦笑了笑，「妳認為有錢人的生活就會比較好過嗎？」

「至少不必彎下腰去向人乞討剩下的食材。」紀憶年哭著說。

「妳只覺得自己辛苦，其他人的辛苦之處妳根本沒看見。」莫陞語帶嘲諷地說。

紀憶年蹙眉，表情嚴肅地看著他，「你又知道什麼？那你倒是跟我說說你們有錢人有什麼辛苦的地方啊！我跟你，一個天一個地，兩者差距甚遠，你覺得你了解我們什麼，像我就不懂你們有錢人的奢華糜爛。」

「妳就是這樣看我的嗎？」莫陞的口吻中帶著一分怒氣，卻又夾雜著淡淡的哀傷。

紀憶年將她對有錢人的看法說給他聽，「有錢人常仗著自己有錢有勢，還有大部分居於上位這一點打壓窮人。有錢人基本上不都住豪宅開名車，開銷幾近天價，經常上高檔餐廳用餐，嘗遍和牛、鵝肝醬之類的料理。一有空閒就變身為空中飛人，在四界各地周旋，坐的都是頭等艙。這是我們這種人耗費大半輩子努力賺錢也無法享受的生活。」

「不過，我最不滿的是教育資源分配的問題。」

「教育資源是嗎……」莫陞喃喃自語著。

紀憶年又接著說下去，「窮人想養活自己都很困難了，哪有錢去補習，但是你們有錢人就不同了，像你才剛補習結束對吧？」

「嗯。」莫陞僅發出簡短鼻音，他不否認這件事。

「你從什麼時候開始補習的？」

「幼稚園大班。」莫陞簡略回答。

紀憶年大為震驚，幼稚園大班的孩子應當是無憂無慮，懵懂無知的時期，但是莫陞卻已經被送到補習班補習了！

「你上什麼課啊？」

莫陞偏頭想了想，說：「一對一英語教學，還有學小提琴。」

「這麼小就上一對一教學！」紀憶年感慨的說。

「我沒有跟妳說過嗎？我一直以來都是上家教課。」

「你沒說過。」紀憶年根本就不曾聽過這件事，這事她也是現在才知道。

莫陞不以為意，挑眉示意紀憶年可以繼續問下去。

紀憶年早該想到，大多數有錢人都是直接幫孩子請家教，一對一的教學更能顧及孩子的學習狀況，也不必分神照顧其他孩子。

「所以你是剛從家教家離開？通常不是都會請家教到家裡去嗎？」

「因為我的母親不喜歡外人進入家中，所以她讓我到家教家上課。」莫陞極有耐心的回答紀憶年問的這些雞毛蒜皮的小事。

紀憶年大致了解莫陞的狀況。總言之，莫陞的學習資源終究比她豐富。

「莫陞……你不會累嗎？」她像是忘記自己正與莫陞在吵架一樣，問了一個她目前最想知道的問題。

她好像多少明白，所謂的鐵鍊是什麼了。

「換做是妳，妳不會累嗎？」莫陞反問紀憶年。

紀憶年想也沒想，直接回答他，「累，而且是超級累。」

她仍記得幼稚園時，她最喜歡的就是放學後帶著弟弟到公園盪鞦韆。那時紀母的工作沒有現在這般忙碌，有較多時間可以照顧孩子。每次到公園盪鞦韆，紀憶年會跟弟弟比賽誰盪的鞦韆比較高，而紀母則抱著年幼的紀蒔音坐在一旁的長椅，面帶微笑看著他們倆。

那段日子，是她最幸福、懷念的時光。

仔細想想，她羨慕莫陞從小便擁有的資源，可是她卻忘了，莫陞是以自己天真無邪的童年作為代價。他失去了歡笑，不知道什麼是年幼時的幸福。

「紀憶年，雖然妳身上擔負沉重的壓力，可是我過得也不比妳輕鬆，妳比我還幸福。」莫陞垂下頭，看著自己的手掌。

紀憶年順著他的視線，也看向他的手掌，但她看到的卻是一道道指痕。

指痕很深，可能只要再深入一點便可見血……

「那是……」

莫陞迅速將手擺到背後，想要掩飾內心的慌亂。

「走吧。」莫陞將方才店員打包好的雞腿飯遞給紀憶年。

紀憶年猶豫著是否要接下。莫陞看出她的想法，拉過她的手，讓她的手腕穿過紙袋的提帶，「帶回家給弟弟、妹妹吃吧。妳聽我發牢騷就是最大的回報，所以妳不欠我什麼。」

紀憶年感到很不好意思，明明她也對他抱怨很多事，但最後卻變成莫陞對她表達感謝之意，這令他過意不去。

「莫陞，謝謝你告訴我這麼多。謝謝你讓我知道，原來我很幸福。」紀憶年淺淺一笑。

莫陞的嘴角也微微上揚，「嗯。」

兩個不吵不相識的人，在今晚，對彼此都有更進一步的認識。

紀憶年覺得今晚很有意義，不但是她對莫陞有更深入的了解，還有，她發現莫陞是個好人，這是她以前沒有察覺到的。

紀憶年剛入家門，看到家人都待在客廳，聽到開門聲時，四人相繼起身。她尷尬地笑了笑，關上門。

「小年。」紀父率先上前，站在紀憶年面前。

紀憶年仰起頭，望著他，等待他開口。

「小年，我有話告訴妳。」紀父正經的說。

「嗯。」紀憶年發出簡短的鼻音。

紀父停頓半晌，他的嘴一張一闔，遲遲沒有說出半個字。

紀憶年耐心等著他。她有預感，紀父準備說的話不是什麼好聽的話。

「小年，爸爸我……還是逃避了。」紀父闔上眼，沉痛的說。

雖然紀父沒有明講他所謂的逃避為何事，但，看到紀母悲傷的神情，紀憶年便明白，父親最終的選擇仍是離開。

紀憶年低下頭，覺得眼眶酸澀，心像是被針穿過般……很痛。

紀父想要關心她，但是在看到有水珠落在地面後，他僵住了，伸出來的手僵持在半空中。

「這就是你的決定嗎？」紀憶年猛然抬起頭，怒視著他。

紀父一時之間不知該如何解釋，他將手收回，雙手緊握擺在大腿旁，「小年，爸爸、爸爸真的堅持不了了。」

「就不能再努力看看嗎？都已經堅持這麼多年，再努力看看不行嗎？」紀憶年朝著紀父怒吼，「你沒有想過你離開，這個家會變成怎麼樣嗎？」

「小年，爸爸真的是逼不得已，妳要體諒我啊！」

「體諒？體諒你拋家棄子想要重組另一個家庭？我要怎麼體諒你？這分明不是件值得學習的事情，為什麼我要去了解你的想法？」紀憶年邊說邊落淚，她也不顧此時的自己有多麼狼狽，她只希望他能夠回心轉意。

紀母走了過來，拉過紀憶年的手，語調平淡的說：「讓他走吧。」

「媽！」紀憶年忍不住提高音量，「妳不能委屈自己，妳應該要極力制止他才對啊！」

紀母輕輕搖頭，平靜的說：「我跟著妳爸爸，雖然日子過得苦，但也是我最幸福的時光。小年，既然他想走，我們就成全他吧。」

紀憶年臉色鐵青，不敢置信地看著紀母，「要放他離開？他想擺脫我們去開啟新生活耶！他把賺的錢花在外頭的小三身上，要這樣就放過他？」

「小年。」紀母拉過她的手，輕輕拍撫，「小年，就聽媽媽的，好嗎？」

紀憶年沉痛地閉上眼，她突然有些喘不過氣，彎下身，雙手壓在胸前大口吸氣。

紀母先發現她的異狀，憂心忡忡地問，「小年，妳怎麼了？小年！」

紀父也趕過來，才剛將手放在紀憶年的肩上，卻被她一掌拍開，「就……算我出了什麼事……我也不需要你的幫忙！」

「小年，現在不是鬧脾氣的時候，爸爸現在就帶妳去醫院。」紀父慌張地說。

紀母也急忙答腔：「小年，現在去醫院要緊，其他的就先別管了。」

紀憶年抗拒到醫院，但是胸悶的感覺越來越嚴重，雙腳突然使不上力，整個人癱坐在地。

「孩子的爸，快點打電話叫救護車！」

紀父匆忙地將放在客廳的手機拿過來，趕緊呼叫救護車。

待救護車抵達後，紀母跟著坐上救護車。紀父則開車載著紀實麟、紀蒔音二人趕往醫院。

紀憶年在被送往醫院的路上，腦中閃過許多畫面，盡是她年幼時與弟弟在公園嬉鬧的畫面。畫面一閃而過，來到了她決定苦讀，靠著成績賺取獎學金的時候。接著畫面又來到近期，她在高中再次與莫陞成為同學，她還在第一次段考時慘敗給他。最後一個畫面，是她今晚與莫陞在餐館內談心的景象。

對她而言，這個世界帶給她的，是悲傷多於快樂。

她活著還有任何意義嗎？

當紀憶年再次睜開眼睛，映入眼簾的是白色的天花板。空氣中飄散著消毒水味，她轉動脖子，看到另一旁的床上躺著一個腳上包著紗布的女人，女人閉著眼，似乎正在休息。

她意識到自己正在醫院，她的左手上插著針頭，正在吊點滴。

「小年！」病房門被打開，紀母看到躺在床上睜開雙眼的紀憶年，捧著手中的保溫瓶，快步來到病床邊。

「媽。」紀憶年虛弱的呼喚紀母一聲。

紀母將保溫瓶放在一旁的矮櫃上，伸手撫上她的臉頰，「妳身體不舒服應該早點說啊。」

紀憶年淺淺一笑，「我不想讓你們擔心。」

原本想說只要多喝點熱水，睡覺時被子蓋緊，悶出汗來，不舒服的感覺就會好些。卻不知，因為情緒激動，體溫頓時上升，她又在外頭奔跑吹風一段時間，感冒自然加重了。

「小年，等吊完點滴再回家。」紀母溫柔地撫摸她的臉頰。

紀憶年微微頷首，將頭轉正，看著天花板。她真希望可以趕緊回家，將自己關在房內，用讀書麻醉自己此刻悲痛的心。

如今，她多麼希望自己可以永遠陷入昏迷，如此一來，她就不必面對這個世界的傷心事了。

★

紀憶年的狀況是因為過於疲憊、心靈狀態不穩定，導致的暫時性胸悶，並無大礙。吊完點滴，醫生開了藥，一家五口便離開醫院。

回家路上，紀憶年緊閉雙唇，安靜地望著車窗外一閃而過的風景。外頭路燈照射進來的光線，在車窗上照映出一張哀傷的臉，以及若隱若現的眼淚。

隔天仍是上課日，紀憶年逼自己不去想昨晚的事。

可，記憶力絕佳的她，將昨夜的隻字片語全都烙印在腦中。

此時此刻，她倒希望自己沒有絕佳的記憶力，她想將那些傷心事忘得一乾二淨。

到學校，好幾節下課她都只是呆坐在位置，以往下課會利用時間解數學題目的她，今天一次也沒有從抽屜掏出那本封面已經被她翻得殘破不堪的講義。

身為摯友的范筱菁注意到她今日的不尋常，好幾次走上前想要關心她，但是她臉上的表情顯示她現在完全不想搭理任何人，范曉菁也不知如何是好。

坐在窗邊的莫陞也注意到紀憶年今日無精打采，看起來心事重重。

兩人在昨夜有了近一步的認識，但這樣上前關心，會引起旁人的遐想。

因此，他只是默默坐在座位上，望著紀憶年，向來專注於課堂上的他，也會不小心看往她的方向。

午餐時，范筱菁終於看不下去，走到紀憶年面前，雙手撐在她的桌面，大聲的說：「紀憶年！妳到底怎麼了？有什麼煩惱都可以說出來啊！我們不是朋友嗎？」

紀憶年緩慢抬起頭，看著范筱菁，扯了扯嘴角，勉強牽起一道微笑，「筱菁。」她有氣無力的說。

范筱菁從沒看過如此落寞的紀憶年，她抿著下唇，拉過她的手，放輕語氣，「年年，妳別這樣啦，拜託妳告訴我妳發生什麼事好嗎？我想幫妳。」

紀憶年苦笑了笑，「誒，筱菁，我們到外面談好不好。」

范筱菁點了點頭，待紀憶年起身後，她跟在她的後方出了教室。

她們來到操場，在跑道旁大樹下的椅子坐了下來。

「年年，現在除了我跟妳沒有旁人了。」范筱菁說。

「筱菁……我好恨我爸。」紀憶年突然瞪大眼睛，憤怒的說。

范筱菁不明所以，困惑的說：「妳怎麼突然這麼說？」

紀憶年的情緒變得激動，放在大腿上的雙手瞬間握緊，咬牙切齒的說：「他是個自私的男人，為了一己私利，竟選擇拋下我們，想跟別的女人遠走高飛。妳說，他不可恨嗎？」

范筱菁聽完後大為震驚，她印象中的紀父是個和藹可親、努力賺錢養家糊口的好爸爸，沒想到，他竟然在外頭有了小三！

「年年，這件事是真的嗎？」

「他自己也承認了。我現在只要想到他把賺的錢拿去照顧小三，我就一肚子氣，恨不得將他碎屍萬段，我也不想認他這個爸爸了！」紀憶年的眼眶泛紅，面部猙獰，模樣看起來是真的很想殺了紀父。

范筱菁很是驚訝。不只是紀父的事，紀憶年此時的模樣亦是她前所未見。

「年年，妳先冷靜下來。即使妳恨他，但他畢竟是妳爸爸啊！」

「所以妳也覺得我應該原諒他嗎？」

「這個……」范筱菁不知如何回答。

「我媽她……希望我原諒他。我不懂，我為什麼要原諒那種渣男，儘管他是我的父親，但是他做出拋家棄子的行為，我絕對不允許，我絕不可能原諒他！」紀憶年憤恨的說。

范筱菁嘆了口氣，輕拍紀憶年的背，安撫道：「年年，妳還記得我家的情況吧。」

紀憶年頷首，「記得。」

「那妳覺得我放下了嗎？」范筱菁問。

紀憶年愣了一下，說話的口氣很不確定，「我覺得……妳還放不下。」

范筱菁莞爾一笑，平淡的說：「錯，我放下了。」

「放得下嗎……」

范筱菁家的狀況與紀家目前的狀況頗為相似。范筱菁國一的時候母親便與外頭的男人跑走了，再也沒有回到家，也沒有與家中任何人聯繫。

當時范曉菁的情況很糟糕，動不動就揚言要殺了她的母親，她的父親也很沮喪，甚至一度想要帶著她一起離開這個世界。所幸范筱菁即使難過，卻沒有失去理智。她阻止了她的父親，防止悲劇發生。

倘若那時紀憶年沒有給予范筱菁精神上的加油打氣，她或許會崩潰、自暴自棄，又或者是誤入歧途。所以她一直很感謝紀憶年。

不過，聽到范筱菁說她已經放下，這讓紀憶年感到訝異。

「筱菁，妳曾說過永遠都不會原諒妳媽媽，為什麼現在又放下了？」

范筱菁偏頭想了想，最後，勾起嘴角，笑著說：「少一點計較，就多一點快樂，自然就放下囉。」

紀憶年的心像是被重擊一般，方才她的堅持被一拳擊碎，心中的憎恨瞬間少了許多，汙濁稍稍退去。她垂下頭，苦笑了幾聲。一向聰明的自己卻在最簡單的題目遇到瓶頸，想想，覺得自己真是愚蠢。

「筱菁，謝謝妳，我也會試著放下的。」她頓了一下，「可是，就算我願意原諒他，但是我會讓他知道，離開我們是錯誤的選擇，被拋下的家人會活得比他更光彩、幸福，我要讓他後悔，讓他知道當初的選擇是多麼愚鈍、自私！」心中的烏雲已散去，陽光普照她的內心，帶給她的內心安定及勇氣。

「年年，果斷放下，讓自己好過些。緊抓著一段無法修復的感情，太累了。」范筱菁以自身經歷告訴她，恨一個人絕不是造成兩敗俱傷，受傷的人，永遠只有自己。

紀憶年反覆思索范筱菁的話，覺得自己好像能理解莫母的決定了。

「我太對不起我媽了。她的用心良苦我竟然沒有感受到。」她被憤怒沖昏頭，以至於她根本沒有想到兩全其美的辦法，還自以為是地認為自己的堅持才是正確的。

現在想想，她的行為真是幼稚。

范筱菁握住她的手，輕聲說：「妳媽媽很偉大哦。即使內心悲傷，但她還是先想到孩子，擔心你們會受到更多傷害，所以才能在當下做出決定。妳回去後要好好跟媽媽道謝才是。」

紀憶年用力地點頭，眼神堅定的說：「一定會的！」

抓不住的那顆星，注定會漸漸遠去。她會向世人證明，被拋棄的人也能夠活得幸福、快樂。他們會是世上最幸福的人！

第三章：心慌

經過范曉菁的開導，紀憶年對於紀父拋家棄子的行為稍稍釋懷。回家後，她對父母說出自己的想法。面對紀父，雖然語帶嘲諷，是持著一把利刃，指著紀父。但，最終，她沒有將利刃刺向父親，而是收回利刃，飽含感謝之意的向紀父道別。

紀母在一旁哭得泣不成聲，弟弟也擁抱著妹妹，以行動告訴妹妹，哥哥願意代替爸爸保護她。

紀父從座位上離開，給了紀憶年一個大大的擁抱，也招呼其他兩個孩子，緊緊抱著他們。

這是紀憶年印象中最深刻的一次擁抱，也是父親最後一次擁抱她……

不久，紀父和紀母離婚，離開待了足足十六年的家。

紀憶年在心境上也有轉變。她變得比以往投注更多時間在課業上，與班上同學相處的時間越來越少，就連范筱菁想和她搭話都有難度。

「年年，妳不要那麼拚命讀書啦，可以多花點時間出去玩啊。週六國中同學會，妳來參加嘛。」范筱菁興高采烈的攬著紀憶年的手臂。

紀憶年的臉上沒有喜悅之情，她顯得難為情、不知所措。

「筱菁……同學會聚餐，會花很多錢嗎？我沒有那麼多錢。」

范筱菁顯得有些慌張，她急忙說：「不會啦，都是學生，怎麼可能吃太貴的，妳放心吧。」

紀憶年陷入沉思。如果餐費不貴，是真的可以考慮考慮，「……好吧，我去。」

范筱菁喜出望外，緊緊抱住紀憶年，「太好了！那我告訴班長他們妳會出席囉！」

紀憶年聳聳肩，表示自己沒有意見。

她比較想知道，莫陞會出席嗎？

週六，紀憶年簡單打扮一下，她翻出櫃子內最貴的一件吊帶裙，配上白色棉T，腳下穿著前一天洗刷乾淨的布鞋便出門。

首先，她要先走去路程大約五分鐘的范曉菁家。

「年年——」原本站在家門外四處張望的范筱菁，一看到紀憶年，迅速朝她奔了過來。

紀憶年趕緊退了一步，再慢一點，范筱菁就要衝撞上她，可能就被撞飛了！

「年年今天打扮得好可愛哦，是以前沒見過的風格耶！」范筱菁將紀憶年從頭到腳打量一番。

紀憶年被她直盯著有些不好意思，她羞紅著臉說：「好了啦，別一直盯著我。」

「年年很可愛哦！」

紀憶年最禁不起別人誇她，急忙抬手摀著臉。

不過，最喜歡捉弄紀憶年的范筱菁又怎麼會錯過這次的機會呢？

「聽說莫陞也會去耶。年年，妳最近好像挺在意莫陞的，妳該不會對他……嘻……」范筱菁話才說了一半，不自覺掩嘴竊笑。

「我、我對他怎麼了？別忘了我們是勁敵哦！」紀憶年匆忙解釋。

「嘖嘖……話不能這麼說。」范筱菁駁斥紀憶年說的話。

紀憶年蹙眉，不明白自己哪裡說錯話。

范筱菁正要開口，她的父親便呼喚她，告訴她要出發了。話題被中斷，紀憶年鬆口氣，她真害怕范曉菁繼續糾纏她。

在范父車上，范父不停向紀憶年詢問她是如何讀書的。他勸過范筱菁好幾次，要她好好念書，但范筱菁的成績卻一直沒有提升。

范筱菁在一旁無奈傻笑，紀憶年也只是乾笑，簡單回應范父，還幫范筱菁說些好話，讓范父知道范筱菁的厲害之處。

不過范父是個重成績的人，他不停拜託紀憶年多指導范筱菁功課。紀憶年也不反對，一口答應范父。

抵達聚餐地點時，紀憶年才發現，這根本不是什麼便宜、簡陋的小餐館，眼前就是一間吃到飽餐廳，而且因為假日，價錢也比較貴，還要加上一成服務費，這樣算起來，吃一頓飯要花上五百多，她根本吃不起。她也沒帶那麼多錢出門，原以為只要花一百塊就可以解決餐錢，殊不知，范筱菁騙了她。

「我要走了。」紀憶年覺得怒火中燒，完全不想留在這裡。

范筱菁知道紀憶年生氣了，她趕緊拉住她的手臂，死命纏著她，不讓她離開。

「年年，人都來了，吃完飯我們再一起離開，好嗎？」范筱菁低聲下氣地說。

紀憶年的臉色沉了下來，她別過頭去，語氣平淡的說：「是妳說不會吃太貴，大家都沒有那麼有錢，我才答應參加的。結果咧，這就是『沒錢』嗎？」

「年年……」范筱菁其實早就知道聚餐的地點，她沒有事先告訴紀憶年，就是希望她可以來參加。她從沒參加過任何跟以前班級有關的活動，無論是班遊、畢業聚餐，她都沒有出席。

紀憶年硬是甩開范筱菁的手，眼神銳利的看著她，「謝謝妳的好意，但是我真的不適合這裡，我也沒有那麼多閒錢可以在這裡吃大餐。錢要花在刀口上，我不想浪費在這種事上。」

「浪費？」

有個男生聽到紀憶年說的話後，走了過來，「紀憶年，妳一點也沒變呢，連吃個飯都要這麼斤斤計較。大家聚餐就是希望可以集結同學們，坐下來用餐順便聊聊近況，結果妳竟然覺得花這一點錢就叫浪費？」

紀憶年轉身就走，不想加以理會這位男同學。

沒想到男同學一看到紀憶年理都不理他，逕自轉身離開，他一氣之下，一把抓住紀憶年的手，將她用力拉了回來。

紀憶年被他這麼一拉，重心不穩，身體向後傾倒。

「啊！」

在她以為自己的腦袋會撞擊到地面時，她的後背碰觸到一個結實的身體。她仰起頭，看到了莫陞。他的雙手搭在她的肩上，一使力，將她的身體扶正。

「魏宇任！你怎麼可以對年年動手動腳！」范筱菁怒氣沖沖的走到魏宇任面前。

魏宇任也是驚魂未定，他不知道自己怎麼了，怎麼會突然生氣拉了紀憶年一把。照理來講，他不是應該畏懼紀憶年的嗎？

「筱菁，我沒事！」紀憶年朝著差一點就要對魏宇任動手的范筱菁大聲的說。

范筱菁被紀憶年出聲制止，她才沒有對魏宇任動手，「哼！是我們年年不計較，不然我早就把你揍得連你爸都認不出你。」

魏宇任鬆了口氣，說實話，他怕的不是范筱菁，他害怕的人是紀憶年。紀憶年小狼犬稱號的由來便來自魏宇任，他就是當時賞紀憶年一巴掌，最後反倒被她打成重傷的男生。

他看著紀憶年的眼神不免帶著恐懼。

可是他剛才卻還是伸手拉住她，他也不知道自己怎麼搞的。

而紀憶年一心想著要離開此處，完全沒注意到他倉皇的神情。

「留下來吧。」

這時莫陞突然開口。

紀憶年看向他，不知為何，莫陞的話確實讓她有想要留下來的想法。但，她身上的錢，真的沒辦法支付餐費。

紀憶年哭喪著臉，說：「不了，我還是離開吧，我沒錢。」

「年年，我可以……」

「我先幫妳付。」莫陞搶在范筱菁之前說。

紀憶年難為地看著他。之前莫陞已經請她吃過飯，她不能再讓他破費了。

她搖頭，淡淡的說：「莫陞，你的好意我心領了。」

紀憶年在眾人的注目下離開，自行走路到公車站搭公車回去。

范筱菁原本也想跟著離開，但是紀憶年卻阻止她，「妳不是很期待今天的聚餐嗎？既然都來了，妳就進去跟他們聚一聚吧。」

范筱菁還想多說什麼，卻被紀憶年以眼神制止。

搭上公車的紀憶年，望著窗外，覺得此刻的自己卑微到連自己都厭惡。

★

回家後，她收到范筱菁的訊息。平時極少使用手機，家裡也沒有網路，要不是為了今日的聚餐，她特地花錢買了張預付卡，讓她在今日有網路使用，否則她真的是過著與網路無緣的生活。
紀憶年已讀范筱菁的訊息，她現在沒有心力回覆她。
她很累，但是回到家的她，也只是重複讀書、做家事的循環。
「我回來了。」紀憶年有氣無力的說。
紀實麟和紀蒔音聽到聲音，匆忙從房間跑出來，「姐姐，妳不是去聚餐嗎？」
「姐，妳怎麼現在就回來了？」紀實麟皺起眉頭，覺得事有蹊蹺。
紀憶年當然不會對他們說實話，她扯了扯嘴角，莞爾一笑，「臨時改時間，所以我就回家囉。」
紀蒔音還小，沒看出紀憶年藏著心事，她天真地以為聚餐真的延期，「那姐姐妳要幫我們準備午餐嗎？」
「小音。」紀實麟出聲制止她。
紀實麟看得出來姐姐很疲憊，既然她都已經這麼累了，照理來講，午餐應該要由他來準備，不該再麻煩紀憶年的。
紀憶年的確無心做家事，她現在只想要回房睡一覺。但是她也不能讓弟弟、妹妹餓肚子。她的臉上仍保持笑容，說：「那我把昨晚的剩菜拿出來加熱，然後再煮科學麵。」
「耶！謝謝姐姐。那我先去鋪報紙。」紀蒔音說完便興高采烈地跑開。
紀憶年無奈的笑了笑，放下背包，走入廚房，從冰箱拿出昨夜的剩菜，又從櫥櫃內拿出兩包科學麵，裝了開水，將鍋子放在瓦斯爐上，耐心等待水煮滾。
「姐，讓我來吧。」不知何時，紀實麟出現在她身邊。
紀憶年受了點驚嚇，看到紀實麟後才鬆口氣，「小麟，你去客廳陪小音吧，讓姐姐處理就好。」

「姐也還沒吃午餐吧，妳看起來很累，就讓我來準備，妳先回房間休息吧。」紀實麟堅定的說。

紀憶年挑眉，難得看到紀實麟如此堅定的模樣，她不免有些感慨，「小麟，我看起來真的很累嗎？」

紀實麟快速的點頭，「妳平常已經為我和小音做太多事了，今天就交給我吧，我可以的。」

紀憶年很感動，她伸手抱住紀實麟，「小麟，謝謝你的好意，姐姐心領了。不過，為家人做事，我一點也不累。」

她抱著高出她半顆頭的紀實麟，這時她才發現，她的弟弟竟然已經長這麼高了。

「姐，我不是孩子了，妳可以多信任我一點嗎？」紀實麟苦笑著說。

紀憶年沉默不語，她不知道該怎麼回覆紀實麟，她只是盡到自己身為姐姐的責任，但是她卻帶給自己沉重的負擔。

「……小麟，姐姐不是不信任你，姐姐只是想為你們多做點事。」

「姐，小音還只是個孩子，但是我不是。我跟妳也只相差兩歲，這兩歲的差距不能讓姐就此把我當作一個永遠需要被保護的孩子。何況我是長子，現在我是家中唯一的男性，我自然應該多做點事。」紀實麟正經的說。

紀憶年再次陷入沉默。他說得沒錯，她的確一直都只把他當作孩子般照顧，他已然長大，她應當更相信他才是。

可是，她還是無法放心。

「小麟，姐姐知道你已經成長為一個負責任、有擔當的男孩子。但，姐姐寧願一個人擔下所有家中重擔，也想要讓你們輕鬆、快樂的生活。」

紀實麟聽完，臉色很難看，他低下頭，弱弱的說：「妳根本就沒有信任過我吧。」

紀憶年急忙要解釋，但紀實麟卻頭也不回的離開廚房，留下看著他背影，啞口無言的紀憶年。

「年年，我們談談好嗎？年年——」

范筱菁緊跟在紀憶年身後，想要兩個人獨自談談週六的事。

紀憶年突然停下腳步，范筱菁煞車不及，頭撞上了她的背。

「唉呦，年年，妳怎麼不先說一聲就停下來啊。」范筱菁揉了揉自己的額頭。

紀憶年轉過身，正視范筱菁，「我沒生氣，只是快上課了，我想趕緊到實驗室。」

范筱菁愣了一下，隨即回過神，尷尬地搔了搔頭，「哈哈，年年妳會錯意了啦，我不是想要跟妳談……」

「筱菁，我欠妳一句抱歉。妳那麼替我著想，我那一天真不應該任性地離開，我對妳感到抱歉。」

「不，妳不必跟我道歉！」范筱菁的語氣轉為激動，音量也有所提升，「是我欺騙妳，是我對不起妳。妳離開之後我真的很後悔，後悔到厭惡自己。年年，我才應該跟妳道歉。」

紀憶年猛然握住范筱菁的雙手，緊握著那雙微微顫抖的手，對著她淺淺一笑，「筱菁，我們彼此都有錯，但我不希望這些錯誤導致我們多年的友誼破裂。我很珍惜妳，我知道妳待我也是如此，所以，我們就互相原諒彼此，別歸咎是誰的錯了，好嗎？」

范筱菁紅了眼眶，淚水在眼眶打轉，「年年……妳真的不跟我計較嗎？妳不是最討厭被欺騙嗎？我騙了妳耶！」

紀憶年無奈一笑，伸手將范筱菁的頭髮揉亂，「唉——我確實厭惡他人欺騙我，但妳的出發點是好的，既然如此，我有理由不原諒妳嗎？」

「年年……」范筱菁一把抱住紀憶年，「我要對妳死纏爛打，緊緊纏著妳，讓妳想甩也甩不掉。」

「呃，聽起來有點恐怖呢，哈哈——」紀憶年放聲大笑，眼睛都瞇成一條線了。

此時，上課鐘聲響起，兩人一前一後進入實驗室。

進入實驗室時，紀憶年與已經坐在教室內的莫陞對上眼。他炙熱的視線，直直看向紀憶年，令她不知所措，急忙別過臉，不去看他。

莫陞也收回視線，佯裝淡然。

自以為兩人的舉動不會被他人察覺，但跟在紀憶年身後的范筱菁全都看在眼裡。

「年年跟莫陞之間有一層曖昧不明的關係呢。」范筱菁心想。

只要這件事尚未證實的那天，她不會貿然詢問紀憶年這件事。她想要繼續看下去，看看她的好友跟莫陞是否會擦出火花。更何況，倘若現在又詢問紀憶年對莫陞的看法，紀憶年心情不愉快的機率太高，她沒本錢再惹她生氣。

此時班導走進實驗室，站上講台。

「在開始做實驗之前，今日導師會報上有提及一些關於你們的事，怕忘記，所以我想先告訴你們。」

全班將注意力集中在班導身上，仔細聆聽班導說的話。

「英語動唱結束後，緊接而來的是運動會。我知道同學們現在一定都是心情亢奮，恨不得趕緊在場上大展身手。但，在運動會之前還有一個重要的活動要進行。學校要舉辦數學競試，競試第一名的學生不但可以代表學校參加校外數學競試，還可以領到一筆高額的獎金。」

紀憶年聽到有獎學金可拿，眼睛瞬間發亮，屏氣凝神的注視著班導。

班導又接著說下去：「數學競試採年級分別試驗，所以你們不用擔心因為進度還沒上到，會比不上高年級的學長姐。考試時間是下禮拜二，請同學們趕緊準備吧。」

紀憶年對數學競試躍躍欲試，她發誓，這次一定會贏莫陞，絕對要贏！

★

班導宣布數學競試的消息後，全班同學的反應很兩極。

有的同學開始嫌棄辦這場競試的用意，覺得這根本就是讓數學優異的同學大展身手的舞台，對於不擅長數學的學生，這場競試根本是多餘的。

但像紀憶年這般熱衷於學習，而且又有獎學金這麼誘人的獎勵，她當然會好好把握機會。

范筱菁則對競試興致缺缺，她最不喜歡的科目便是數學，叫她算數學，這對她來說比死還不如。

「年年，數學競試妳加油，我會負責拉低平均的。」范筱菁趴在紀憶年桌面的角落，一副要死不活的樣子。

紀憶年沒有從講義上抬起頭，她淡淡地說：「妳爸要求我盯妳讀書，即使這場競試是額外的考試，但是妳還是稍微努力一下吧，這樣我對妳爸也好交代。」

范筱菁翻了個白眼，敷衍地說：「別管我爸啦！他明知道我不喜歡讀書還硬逼我去讀書，要不是我懶得跟他吵架，不然我們肯定吵到屋頂都被掀翻了。」

紀憶年很無奈，她當然知道范筱菁志不在讀書，她喜歡繪畫，原先她是想去念高職的，但是她父親卻堅持讓她讀高中，他說現今社會重學歷，會畫畫又有什麼用。他要她繼續升學，未來的事再從長計劃。

范筱菁當下實在不知如何反駁，她也只好順從父親的意思進入高中就讀。

紀憶年拿范筱菁沒轍，她也不想逼她，那就隨她吧。眼下，她已經下定決心要贏過莫陞，她說到做到，拚了！

一回到家，紀憶年為了鑽研數學，難得請紀實麟準備晚餐。

紀實麟很高興，因為紀憶年終於給他機會，讓他能夠為這個家做點事。一想到可以幫姐姐分擔家事，他整個人就很興奮。

紀蒔音聽到紀憶年請紀實麟幫忙時，紀實麟臉上滿溢著笑容，她看了十分羨慕，也自告奮勇加入準備晚餐的行列。

紀實麟並不反對，就讓紀蒔音負責洗米，將洗好的米放進電鍋。

紀憶年則先去盥洗，盥洗完畢後她就先回房間讀書。

她解了一題又一題的數學題目，但是她的心裡卻很著急、慌亂。

放下手中的鉛筆，她起身離開房間。

「姐姐，晚餐還沒做好哦。」紀蒔音手中拿著已經削皮的紅蘿蔔，站在廚房外頭。

紀憶年點點頭，「嗯，姐姐先去外面走走。我很快就回來，如果晚餐做好了你們倆就先吃，不用等我。」

「姐姐不要太晚回來，也要注意安全哦。」紀蒔音朝著紀憶年揮揮手。

紀憶年也對她揮揮手，接著便出門了。

沒想到才剛出門不久，她就在轉角處遇到莫陞。

「怎麼又是他？」紀憶年心想。

上高中後她和莫陞越來越常在社區碰面，這緣分真的太神奇了。

莫陞的肩上掛著書包，手上拎著工具袋，袋子鼓鼓的，想必裝滿了東西。

「嗨。」紀憶年主動向他打招呼。

莫陞只是點頭示意，他的臉上盡是疲態，紀憶年想像得出來，他肩上的書包以及手上的工具袋一定裝滿講義、各類學科類書籍。他的肩膀看起來快要被壓垮了，紀憶年看在眼裡五味雜陳。

「這麼晚了妳怎麼還待在外頭？」莫陞問。

「算數學算到心煩，在吃飯前出來散散心。」紀憶年如實說道。

莫陞微微頷首，「是為了下週的數學競試對吧。」

紀憶年噘嘴，毫不隱瞞地說：「我就是在準備數學競試，我告訴你，我這次絕對不會輸給你！」

莫陞先是愣了一下，隨後臉上出現了淡淡的笑容，「我拭目以待。」

莫陞一派輕鬆的回答，令紀憶年很不甘心，「哼，你等著吧，我不會再輸給你了！」

「我從未想過我會輸給妳。」莫陞也放話了。

兩人之間燃起激烈的火花，年級第一、第二的對決從未停止過。

莫陞離開後，紀憶年又繞社區一圈，眼看時間差不多，便往家的方向走去。

回到家，紀實麟和紀蒔音兩個人坐在客廳，看著眼前的晚餐，一動也不動。

「不是叫你們先吃的嗎？」紀憶年無奈的說。

「我們在等姐姐回來一起吃飯。」紀實麟、紀蒔音兩人異口同聲的說。

紀憶年聽完，眼淚差一點奪眶而出。

她急忙別過臉，偷偷拭去眼角的淚珠。

「姐姐妳怎麼了？」紀蒔音擔憂地走了過來，伸長手拍拍紀憶年的背。

紀憶年搖頭，微微哽咽道：「姐姐沒事。姐姐先去洗手，馬上就回來跟你們一起吃飯。」

紀憶年逃跑似的進到浴室，看著鏡中紅了眼眶的自己，她轉開水龍頭，捧了一把水潑在臉上。

「呼——紀憶年，妳可以的，要堅強！不可以再哭了！」她對著鏡中的自己喃喃自語。

走出浴室，來到客廳，拉開紀蒔音身邊的椅子坐了下來。

「姐姐，這是妳的碗。」紀蒔音遞給紀憶年一個不鏽鋼碗。

紀憶年接過後，對她莞爾一笑，溫柔的說：「謝謝妳，小音。」

紀蒔音開心的笑了笑，自己動手盛飯。

紀憶年覺得此刻就算家裡經濟狀況不好，就算父母無法陪伴在身旁，但有弟弟、妹妹伴在左右，三人一同擠在這面積不大的餐桌吃飯，氣氛溫馨。此刻，便是她最幸福的時刻。

週二數學競試，如往常上學的情景一般，同學們稀稀落落進入教室，許多人是趕在七點半的鐘聲響起前進到教室。

紀憶年今天老早就來到班上，看到莫陞竟已經坐在教室內，手中拿著筆，振筆急速的寫下一連串計算公式。

她選擇忽略這個景象，快步走到座位，坐定後，從書包內掏出鉛筆盒、數學講義以及筆記本。數學講義的書皮顯得破爛，筆記本的側面突出的黃色標籤紙，上頭寫了數學各章節的名稱。

「紀憶年，妳今天可以考贏我嗎？」莫陞的聲音傳了過來。

因為班上現在極為安靜，所以紀憶年將莫陞的話聽得一清二楚。

她嘴角上揚，不甘示弱的說：「我很有把握，今天一定會把你從第一名的寶座拉下來！」

莫陞也笑了，他的下巴微微抬起，「嗯，我等著。」
語畢，兩人同時轉回身子，坐正後，兩人都不再說話，低頭做最後的準備。
越接近七點半，班上的同學也陸續就定位。
待八點十分考試的鐘聲響起，監考老師發下試卷。
紀憶年拿到試卷後，提起筆，眼睛掃過題目，腦中也迅速閃過該題的公式。
她輕輕一笑，落筆解題。
時間一分一秒地流逝，很快地，考試時間也來到尾聲。
「時間到，請停筆——」
監考老師的話一說完，教室內響起此起彼落的置筆聲。
紀憶年將手中的筆放下後，以手臂拭去額上的汗水。
她往莫陞的方向看去，莫陞也正好看向她。
兩人相視而笑，彼此的額上都有一層薄薄的汗水。
眼下，就等成績公布了。

★

「現在發數學競試的考卷，叫到名字的來講台前面拿回考卷。吳以歆、范筱菁……」
紀憶年豎起耳朵，仔細聆聽數學老師說話。
「莫陞、紀憶年。」
兩人同時被呼喊到名字。紀憶年站起身，莫陞也從自己的位置上離開。

老師將考卷遞給紀憶年，笑著對她說：「真可惜，跟莫陞就只差一分而已。」

聞言，紀憶年的臉一片慘白。

一分，只差一分。老師怎麼可以笑著說這句話呢？這一點也不好笑啊！

莫陞就站在她身後，他當然也聽到老師方才說的話。

接過考卷，轉過身時，她把頭壓得很低，莫陞完全看不到她臉上的表情。

「紀憶年。」

在和紀憶年擦身而過之時，莫陞輕喚她的名字。

紀憶年沒有回應，低著頭，回到位置上。

「年年。」范筱菁擔心地看著不發一語的紀憶年。

「各位同學，這次數學競試的題目並不簡單，但是我們班竟然還是有人拿到滿分……莫陞，恭喜你！」數學老師滿臉笑容宣布這個消息。

班上響起熱烈的掌聲，但同學們對於莫陞拿滿分一事並沒有多大的感覺，如果哪天莫陞考了個不及格他們或許還比較震驚。

「憶年真的很可惜，差一點就滿分了。有很多同學不是在及格邊緣就是二、三十分，還有人考個位數，你們真的要向莫陞跟憶年好好學習。」

數學老師越是強調她跟莫陞相差一分，紀憶年的心情就越沮喪。

身為好友的范筱菁，從紀憶年回到座位上後就一直注意著她。

她看到紀憶年咬著牙，一臉不甘心地看著考卷。那唯一的一條紅線，因為有一條算式錯誤，所以被老師扣了一分，不然其他試題都是正確的。

第一名的獎金有五千元，這是一筆可觀的數量。第二名的獎金是三千，足足比第一名少了兩千元。紀憶年原本想說可以用那五千塊來付房租，但是現在只有三千塊，她還要再從其他獎學金內抽出兩千塊才有辦法支付房租。

「唉——」紀憶年小聲嘆了口氣，「還是贏不過他啊！」

發完試卷也檢討完，這堂課也快結束了。五分鐘後鐘聲響起，紀憶年看到莫陞走出教室，她也趕緊跟了上去。

莫陞走出教室後，走到司令台後方。紀憶年心裡滿是疑惑地跟在他後方，沒想到她看到莫陞一手壓在胸口，一臉痛苦地單膝跪地。

她急忙上前，「莫陞！」

莫陞聽到聲音瞬間抬起頭，看到來人是紀憶年，他蹙起眉頭，「妳怎麼在這裡？」

「你不舒服嗎？我扶你去保健室吧！」紀憶年伸手就要碰觸莫陞的手臂。

「不要碰我！」在紀憶年快要碰觸到莫陞時，他的音量突然上升，眼神兇狠的瞪著她，「不用妳幫忙，我沒事。」

沒想到話一說完，他的身體開始左右搖晃，紀憶年看不下去，伸手按住他的肩膀，「你都站不穩了就別再硬撐。來，我扶你去保健室。」

莫陞仍不願被紀憶年攙扶，但此時，一陣天旋地轉，他眼前一黑，昏了過去。

「莫陞！」紀憶年被眼前這一幕嚇了一跳。莫陞突然昏倒在地，她一個女孩子根本搬不動他。

「莫陞你在這裡等我，我去請人幫忙。」紀憶年輕輕的將莫陞放倒在地，接著就往教室的方向快速奔去。

還沒來得及進到教室，她便朝著教室內大喊：「莫陞昏倒了，我需要男生幫忙帶他到保健室。」

莫陞在班上的幾位好友，在聽到紀憶年的話後，匆忙從座位上離開，來到教室門外，緊張問道：「他在哪裡？快帶我們過去！」

紀憶年用力點頭，轉身就往司令台的方向跑去。

三個男生跟在紀憶年身後來到司令台後方，看到倒在地上的莫陞，他們同心協力將他扶起。由一個男生負責背他去保健室，其中一人則負責聯絡莫陞的家人。

紀憶年也來到保健室，看到莫陞虛弱地躺在床上，緊閉眼眸，胸口微微起伏，紀憶年心中仍是慌張不已。

這還是她第一次如此擔心一個男生。

護士阿姨幫莫陞量體溫，體溫偏高，有點發燒。

「聯絡他家人了嗎？」護士阿姨問。

負責聯絡的男生頷首，「他媽媽已經在來學校的路上了。」

「好，等等他母親來的時候告訴我。」護士阿姨貼了一片退熱貼在莫陞的額上。

紀憶年聽到莫陞的母親要來，她心裡有些慌亂。雖是鄰居，但是她見過莫母的次數屈指可數。大概只有在小學家長座談才見過面，上了國中後，都沒有機會見到她。

「莫陞！」

有一個打扮時髦的女人慌慌張張地進到保健室。她看到躺在病床上的莫陞，立刻趕到他的身邊，在一旁的椅子上坐了下來。

「莫陞，我的兒子啊！」莫母拉過他的手，緊緊握著。

「莫媽媽好，我是學校的護士。」護士阿姨向莫母微微頷首。

莫母站了起來，一臉不悅地看著她，「我把孩子送到學校讀書，可不是要看到他發生這種事的。孩子不舒服你們都沒有注意到嗎？偏要等到孩子出事才要告知家長。你們這樣像話嗎？」

護士阿姨雖然沒有反駁，但是紀憶年看得出來，她很難為，而且心裡也很難受。

「莫媽媽，我們沒辦法無時無刻待在孩子身邊，我們也很難察覺到他何時會不舒服不是嗎？」

「我不管！既然我把孩子送到這裡，不僅是要給他最好的教育，還要給他最好的照顧。今天的事我可以不計較，但是下次若再發生，我一定會告到教育局去！」莫母憤怒的說。

紀憶年知道大人在講話她插嘴是不對的，更何況她是局外人，但，她就是不想看到護士阿姨委屈的模樣，不想看到護士阿姨被指指點點。

「莫陞媽媽，我覺得您剛才那些話說得太重了，您是不是該向護士阿姨道歉比較妥當？」紀憶年毫不畏懼的走到莫母面前。

莫母趾高氣昂的看著紀憶年，被紀憶年糾正，她心裡很不是滋味，「妳這孩子真是沒家教，大人說話妳憑什麼插話！我只是就事論事，妳說，我哪裡需要道歉？」

「您當然需要道歉。一，莫陞身體不舒服，第一個要注意到的人應該是您。您是莫陞的母親，和莫陞相處的時間最長，您應是第一個發現兒子身體不適的人才對，怎麼會將矛頭指向學校，進而指責學校的不是呢？二，莫陞現在發燒，我認為您現在該做的不是在這裡對著護士阿姨大聲咆哮，而是趕緊將他送到醫院檢查。您說，到底何事比較急迫呢？」紀憶年不疾不徐地說。

儘管莫母惡狠狠地瞪著紀憶年，但，經紀憶年提醒，她也覺得應該要趕緊將莫陞送到醫院檢查。

「對了，還有一點我想要補充。」紀憶年再次發言，「我不是沒有家教的孩子，我不希望我最愛的媽媽被冠上莫須有的罪名，還希望莫陞媽媽下次不要這麼說了，謝謝。」紀憶年說完還恭敬的行禮。

莫母被紀憶年的話氣得面部脹紅，她咬著牙，狠狠瞪著面前的紀憶年。接著，心不甘情不願的從名牌包內掏出手機，撥打電話呼叫救護車。
沒多久救護車便抵達學校門口，救護人員將莫陸抬上擔架，送上救護車，莫母則是開著自己的車離開了。
紀憶年望著疾速駛離的救護車，在心裡祈禱莫陸不要有事。

★

翌日，莫陸請假在家。沒有他的聯絡方式，紀憶年也無法得知他的狀況。
她詢問莫陸的好友，他們也不知情，好像是因為莫母沒收莫陸的手機，因此他們也無法聯繫上他。
這件事困擾著紀憶年，不僅在學校，就連回家也無法好好讀書。
「憶年……憶年。」
紀母的手在紀憶年的眼前揮舞，但她只是睜大雙眼望著前方，眼神並沒有聚焦。
紀母無可奈何，只好抓著她的肩膀用力搖晃，「憶年，媽媽有事要問妳。」
紀憶年這才回過神，反扣住紀母的手，「媽，別搖了，我頭都暈了。」
「呼——還以為妳的魂飛走了呢，幸好還在。」紀母鬆開手，拍拍胸脯。
紀憶年苦澀一笑，覺得紀母的想像力真是豐富。
「媽，妳想問我什麼？」
「我是看妳一直在發呆，很不像平常的妳……難道我不能找我女兒說說話嗎？」紀母的語調緩緩上揚。
紀憶年驚覺苗頭不對，急忙擺擺手，說：「怎麼可能不行呢？妳找我聊天我很高興的，但重點是妳要有空啦！我一個禮拜見到妳的次數不到三次呢。每天早出晚歸，我真的很擔心妳的身體。」
紀母感慨道：「憶年，媽媽的身體自己清楚。我身子還硬朗，為了我們一家，媽媽會撐下去的。倒是憶年，實麟快會考了，麻煩妳多注意一下，媽媽知道交給妳肯定沒問題。」

「嗯，我都有在注意。小麟的底子不錯，段考的成績也都落在班上前三名，我相信他沒問題的。媽，那小音學校的畢業典禮快到了，妳會參加吧？」紀憶年偏頭看著紀母。

紀母陷入沉思，她臉上的表情不小心透露了她的心聲。

「沒辦法嗎？」即使猜到母親的想法，但她還是想聽紀母親自開口。

「我最近實在排不出時間休假，我也會親自去向蒔音解釋，媽媽真的感到很抱歉。」紀母自責的垂下頭，抿著下唇，臉糾結在一塊。

紀憶年伸長手臂拍了拍母親的肩膀，「媽，小音她應該會很沮喪，但是她會諒解的。小音也是聰明的孩子，她知道妳辛苦工作都是為了我們這一家。」

紀母只是一再點頭，沒有說話。

他們已經很幸運了。即使為了錢奔波勞累，但至少有個遮風避雨的家，有家人的陪伴，一家四口生活和樂比什麼都重要。

自從莫陞在學校昏倒後，他在醫院待了一個晚上，做了各種檢查才被莫母載回家。

「莫陞啊，明天媽媽已經幫你請假。你在家休息，順便把進度補回來。我會讓家教老師到家裡幫你上課，等等洗完澡，看點書再休息。你已經浪費一個晚上的時間，這樣會嚴重影響到你的成績的……」莫母又叮嚀幾句才放莫陞上樓。

「媽媽晚安。」莫陞平淡的說。

他的身子依然虛弱，緩慢走上樓，回到房間，將放在書桌上的書包擺到一旁的櫃子上，拉開椅子坐了下來。

一手扶額，臉上盡是無奈。

母親把課業看得比他得健康重要，剛從醫院離開，母親仍不忘提醒他讀書。為了不辜負母親的期望，他每次考試都拿第一名，就算不是正式的考試，也要拿下第一。房內有好幾本厚重的資料簿，裡頭存放了各種考試的獎狀，名次不外乎都是第一。

說習慣，其實也是被迫習慣。不知從何時開始，他不再為第一而高興。「一」已然成為沉重的負擔，令他喘不過氣，令他開始想要逃避。

他曾對紀憶年說過很羨慕她。雖然他們一人被稱為永遠的第一，一個被稱為永遠的老二，但是莫陞曾想過，若是哪一次考試他變成第二名該有多好。紀憶年總希望可以打敗他成為第一，儘管她從未如願，但她仍不放棄，仍在每次考試前放話會贏他。

「唉——」莫陞長嘆一口氣，他好像快要被逼瘋了。

翌日一早，莫陞如往日一般走在前往學校的路上。

「莫陞——」

莫陞轉過頭，看到紀憶年從遠方緩緩走來。

這是他們第一次在上學路上相遇。

紀憶年走近他，向他遞出一杯飲料。

莫陞疑惑的看著她，紀憶年倒是一派輕鬆的說：「這是溫可可，我在超商買的，當作慶祝你數學競試第一名的禮物。」

「為什麼？」莫陞不解的問。

「因為我認同你是我可敬的對手。」紀憶年說得雲淡風輕，但實際上，她的心跳卻在見到莫陞時莫名加速，但她要故作冷靜，免得被他察覺到她的怪異之處。

莫陞皺了眉，仍不懂她送禮的用意，「到底為什麼？」

其實紀憶年不喜歡一直被問「為什麼」。她會感到煩躁，會像是火山爆發一般脾氣暴躁。

此刻，她的耐心已經被莫陞消磨得差不多，她吸了一口氣，語帶惱怒說道：「問那麼多『為什麼』幹嘛！我欣賞你，覺得你很厲害，所以才會送你禮物。我沒有別的用意哦，單純慶祝。」

莫陞頓了一下，「哦。謝謝妳。」

紀憶年看到他收下溫可可後，臉上頓時綻放燦爛的笑容，「莫陞，我絕不會放棄的，下次一定贏你！」

莫陞被她燦爛的笑容吸引，目不轉睛地注視著她。心跳彷彿漏了一拍，看著她的笑容，覺得有一股慾望，想要上前抱住她。他不懂自己為何有這種念頭，但是此刻，他竟覺得，紀憶年是他這輩子見過最美麗的女孩。

兩人一前一後走進校門，保持一段距離，若是被人看見也不會引起誤會。

剛進教室，紀憶年放下書包後又衝出教室。

莫陞一臉茫然，不知道她發生什麼事。

紀憶年衝進廁所，雙手撐在洗手台上，努力緩和呼吸。

接著，轉開水龍頭，捧水潑在臉上，「哇——真舒服。」水珠順著她的臉頰滑落到洗手台。紀憶年看著自己泛紅的臉頰，腦中閃過她與莫陞相處的畫面，臉頰的溫度又再次上升。

「嗚……怎麼回事！」她捧著臉頰，看著鏡中的自己。

此刻的反應都證明一件事——她好像喜歡上莫陞。

為什麼用「好像」呢？

因為她從沒談過戀愛啊！

愛戀萌芽的速度飛快，令她措手不及，她從沒想過自己會喜歡一個人，更沒想到那個人是莫陞。

他們的個性並不合適，那她究竟為何會對他產生情感呢？她不懂。

應該是不熟悉的陌生人，但，她就這樣喜歡上他了。喜歡莫陞。

第四章：他的祕密

察覺到自己對莫陞的心意後，紀憶年面對莫陞時不免有些尷尬。

「誒，年年，妳最近看到莫陞怎麼像是看到鬼啊？看到他就閃，難道妳……」范筱菁步步逼近紀憶年。

紀憶年不停向後退，待她無路可退時，她佯裝若無其事的模樣，打死也不說出自己的祕密。

她的心情還沒有整理好，暫且不想告訴任何人，即便是范筱菁也是如此。

「筱菁，我總有隱私權吧。」紀憶年如此說道。

范筱菁聳聳肩，表示對紀憶年的決定沒有意見，「嗯，妳有隱私權。這次我就不追問下去。不過……年年，難道妳喜歡上莫陞了？」

紀憶年別過臉，不敢直視范筱菁，「怎麼可能，我跟他是勁敵耶，妳別亂說！」

「如果真是那樣就好。我告訴妳，莫陞他們家很嚴格，如果妳真的跟他交往，妳會很辛苦的。」范筱菁鄭重叮嚀她。

紀憶年不解地問，「這話怎麼說？」

范筱菁先環顧四周，確定沒有旁人偷聽後，她湊到紀憶年的耳邊，低聲道：「聽說莫陞他媽媽要求他每次考試都要第一名，而且除了讀書，不准他與任何人交往。假日也都關在家讀書，所以我才會說妳如果真的跟莫陞交往，妳會很辛苦。」

「那我應該是沒有這個困擾啦。哈哈，謝謝妳的提醒。」紀憶年無精打采地說。

等到范筱菁離開，紀憶年仔細思索她剛才說的話。

她想起那日在保健室見到莫母的景象。她看起來就是個嚴母，看莫陞為了考出好成績拚命讀書的模樣便可知莫母是個重課業的人。

原本覺得莫陞與她相像，但此時看來又不像了。莫陞讀書是為了迎合母親的要求，但是她讀書卻是為了賺取獎學金貼補家用。

她覺得有必要找莫陞談談，雖然她覺得莫陞不會願意告訴她，但是如果不試著了解他的話，感覺他們倆會漸行漸遠，她永遠也碰觸不到他的內心。

數學競試結束，緊接而來的便是運動會。

運動會是許多學生殷切期盼的活動。運動會前夕會先舉辦會前賽，因為會前賽緊鄰數學競試，因此班上的同學都很著急，擔心來不及練習而錯失得獎的機會。

紀憶年的運動神經不錯，代表班上參加跳遠。莫陞則代表班上參加競爭激烈的男子一百公尺競賽。

體育課的練習時間不多，因此班上同學討論到是否利用放學時間練習。

會前賽比的是個人賽及男、女四百公尺接力。四百公尺需要多次練習，是極要求默契、接棒是否順暢的競賽項目。僅有四個人傳接棒，每次的接棒都很重要，一旦出了差錯，便與獎牌擦身而過。

經由班上討論，決定挑幾天放學的時間練習。

但，紀憶年卻開始擔心了。

倘若她放學後留在學校練習，那家事誰處理？

「那個，我放學後沒辦法留下來。」紀憶年弱弱的說。

其他同學聽到，紛紛轉過頭看向她。

此次練習的召集人語帶不滿地問：「有什麼事比班級榮譽還重要嗎？」

「對啊，我們放學後要補習，我們也是把時間調開。為什麼你就可以不練習？」

「我爸原本已經預訂餐廳，一家人要去吃飯，因為練習還不是取消了。」

紀憶年承受著班上同學銳利的眼光，她不自覺退縮，一時說不出話。

「喂，你們又不知道年年放學後還要買菜做晚餐，她還要照顧弟弟、妹妹，她如果放學後留下來，那她弟弟、妹妹怎麼辦？」范筱菁替紀憶年打抱不平。

紀憶年不發一語地站在原地。

「可是就算是這樣，若我們因為她，結果我們班沒得獎，那怎麼辦？」

「還能怎麼辦。」范筱菁理直氣壯的說，「每個人家裡的狀況不同，不能以你們的標準來看事情啊！」

「可是……」

「我留下來練習吧。」紀憶年淡淡的說。

「年年？」范筱菁不解的看著她。

紀憶年淡然一笑，這讓范筱菁看了心裡十分難受。但這是紀憶年的決定，她也不好再說什麼。

放學後回到家，紀憶年抱著一大袋的食材進入屋內。房門是敞開的，對話聲從房內傳出。紀憶年湊近一瞧，看到紀實麟正在教紀蒔音功課。

紀憶年原先不想打擾他們學習，但是敏銳的紀蒔音還是感應到她的存在，隨意抬起頭，便看到她。

「姐姐。」紀蒔音笑著呼喊她。

紀憶年不好意思走進去，只是站在房外，「小音妳跟哥哥繼續學習，我今天帶回一大袋的食材，我們可以吃好幾天呢。」紀憶年一邊說，還用手比劃食材的多寡。

紀蒔音聽了直拍手叫好，「耶！有小音愛吃的玉米筍嗎？」

紀憶年點頭，說：「有，也有小麟喜歡的魚丸。」

「謝謝姐。」紀實麟平淡的說。

與紀蒔音相比，紀實麟給人的感覺就穩重多了。

紀憶年離開房門前，到廚房準備晚餐。

晚餐過後，紀憶年在廚房洗碗，紀蒔音則跑到客廳去看電視。

「姐，妳是不是有話要跟我說？」紀實麟出現在紀憶年身邊，輕聲問道。

「嗯，確實有事情需要麻煩你。」紀憶年猶豫許久，才開口：「運動會會前賽快到了，我因為參加四百公尺接力，所以放學要留下來練習，恐怕有幾天沒辦法準備晚餐。」

「我來準備！」紀實麟激動的說。

聞言，紀憶年抿緊下唇，沉默半晌後，才開口道：「其實我可以拒絕練習回來幫你們煮飯，但我又不想對不起同學……我這樣會不會麻煩到你……」

「不會。」不等紀憶年說完，紀實麟便搶先說，「我跟小音會照顧自己。」他頓了一下，接著說：「姐，妳不必什麼事情都顧慮我們，我們總要學著長大，不是嗎？」

紀憶年感慨地看著他，覺得自己真是白長年紀，讀書也不知道讀到哪去。

「小麟，你比我還會說話，我都說不贏你了。」紀憶年調侃道。

紀實麟的臉頰微微泛紅，他害羞的別過臉，小聲地說：「是姐一直把我當孩子，都不知道我已經是個獨當一面的男孩子了！」

紀憶年忍不住笑了出來，「哈哈──小麟，不，實麟，以後我不把你當孩子看待，OK？」

「嗯。」紀實麟用力頷首。

紀憶年伸出手揉了揉他的頭髮，溫柔的說：「那就拜託你囉。」

「沒問題。」紀實麟堅定地回答。

原本還是孩子的他，已然成長茁壯，長得比她高了，個性穩重些，但體貼的性格依然不變。紀憶年欣慰地看著他，心裡感慨萬分。她的人生沒有因為窮困而變得不幸，這都是多虧她的弟弟、妹妹。

如此幸福的她，也想趕走某人心中的不幸，希望某人的笑容可以多一點，可以活得自在點。她希望她能夠改變莫陞的人生。

★

翌日放學，紀憶年留下來參與練習，神奇的是，莫陞也留下來了！

好奇心驅使，休息時間，她走向正以毛巾擦拭汗水的莫陞，低聲問道：「你今天不用上課嗎？」

莫陞將毛巾掛在肩上，伸手拿過放在一旁的礦泉水，扭開瓶蓋，喝了一大口，「……請假。」

「你媽媽知道嗎？」紀憶年在內心替莫陞捏一把冷汗。

然而，他卻是若無其事的說：「我請家教幫我保密。」

雖然莫陞很信任家教老師，可是紀憶年依然擔心。倘若莫母知道莫陞為了練習沒有去上課，莫母會怎麼對他？

「如果被你媽媽知道，你會怎麼樣？」紀憶年問。

莫陞挑眉，臉上一點著急的神情也沒有。他冷靜的說：「我想為班級奉獻一己心力也不行嗎？」

紀憶年搖了搖頭，「不是不行，我是怕……我看你現在立刻就回去上課吧，我幫你跟同學們說，他們會諒解的。」

「紀憶年！」莫陞的音量突然提高，「妳不要擅自做主好嗎？這是我自己的事情，妳別逼我，也別插手好嗎？」

「我、我沒有要逼你，我是希望、希望你的媽媽不是被蒙在鼓裡的那個人。你知道嗎？這一生你可以考試考得差，可以翹課不去上學，但是你絕對不可以欺騙他人。」紀憶年將他手中的礦泉水搶了過來，將瓶蓋蓋上，扭緊。

莫陞的表情很微妙，紀憶年也難以形容，「……妳不了解我，不了解我的媽媽，妳別說得好像很懂我們似的。」

紀憶年莞爾，仰頭望向天空，「是，我並不了解你和你的家人，但，我知道欺騙一個人是不好的。而且，正因為不了解你……我才想要從現在開始了解你。」

莫陞一聽，從脖子到臉蛋漸漸染上緋紅。紀憶年一看，也羞赧地垂下頭，兩人之間的氛圍瞬間產生轉變，多了一絲曖昧。

「休息結束，大家集合！」

招集人對著四散在跑道上的同學們大聲呼喊。

紀憶年跟莫陞尷尬地看著彼此。最後，紀憶年假裝清喉嚨，化解尷尬。

「咳，有空再聊吧。」紀憶年故意望著遠方，沒有看著他。

莫陞搔了搔頭，說話竟結巴了，「哦……哦，之後……之後再聊。」

紀憶年第一次看到慌了手腳的莫陞，不禁掩嘴而笑，「呵呵——你怎麼比我還緊張啊？」

莫陞難得臉紅的模樣，紀憶年真想拿手機拍下來。

「紀憶年、莫陞，你們倆趕快過來！趕緊練完才能盡快回家，不要耽誤其他人的時間。」

兩人臉上的笑容瞬間消失，恢復一本正經的模樣。

練習結束，紀憶年拖著疲憊的身軀回到家。

一推開門，一股誘人的香氣撲鼻而來，她忍不住嚥了口唾液，走向客廳，看到桌上擺著熱氣蒸騰的米飯還有配料。

紀實麟走出房間，紀憶年看向他，好奇的問，「實麟，你們應該早就吃完了啊。但擺在桌上的飯菜看起來像是剛煮好似的。」

「確實是剛煮好的，姐趁熱吃吧。」紀實麟也替她準備碗筷。

她舉起筷子，夾了高麗菜配上一小口白飯一同放入口中，「嗯……高麗菜軟硬適中，我很喜歡。實麟，廚藝進步囉。」紀憶年對紀實麟比出「讚」的手勢。

紀實麟被紀憶年稱讚，臉蛋不禁泛紅，不好意思的說：「比不上姐啦，妳煮的比較好吃。」

「嘴巴真甜。但你真的進步很多，恐怕再過幾天就超越我了。」

紀實麟急著擺擺手，「廚藝不是一天兩天就可以練成，我追不上姐的。」

「哇！姐姐回來了！」

此時，肩上披著毛巾，髮尾仍滴著水的紀蒔音朝著紀憶年跑了過來。

紀憶年微蹙眉頭，待紀蒔音跑到她面前時，拿起她肩上的毛巾，幫她擦拭頭髮，「頭髮要吹乾啊！等等吹風感冒怎麼辦？」

語帶責備，但聽在紀蒔音耳中只覺得心裡暖暖的。她傻笑了笑，「嘿嘿，被姐姐罵了耶。」

紀憶年無奈地看著她，最後嘴角還是忍不住上揚，「別讓姐姐擔心。生病了還要看醫生，要吃藥呢。」

紀蒔音聽到吃藥，臉色瞬間轉變，「我不要吃藥！姐姐，我去吹頭髮，妳趕緊吃飯吧。」

紀憶年溺愛地摸摸她的頭，「吹完頭髮就去寫功課，功課做完才可以看電視，知道嗎？」

「知道。」紀蒔音說完便跑掉了。

紀實麟也從客廳離開，留紀憶年一人邊吃飯邊看新聞。

她刻意將音量調低，以免打擾紀實麟讀書。

這時，家門被打開，紀母走了進來。

紀憶年走向門口便看到紀母肩上扛著大袋子，一臉沮喪地站在原地。

「媽，妳吃飯了嗎？要不要跟我一起吃？」紀憶年著急的詢問母親。

紀母仰起頭盯著她，倏地，眼眶湧現淚水，這讓紀憶年更著急了。

「媽，妳怎麼了？妳別把話悶在心裡，妳能告訴我妳發生什麼事了嗎？」紀憶年輕輕拍打母親的背。

紀母先是扔下肩上的大袋子，一把抱住紀憶年，頭靠在她的肩膀上，悲痛地說：「……我今天遇到妳爸爸，他說……他即將再婚，他想彌補我們，所以將一袋的食材、生活用品送給我們。憶年……我到底該不該原諒他呢？他現在日子過得幸福，再也不必過苦日子。可是我們呢？有一屁股債務要還，吃的食材也都是賣場的滯銷品，我們該原諒他嗎？」

紀憶年也早猜到母親反常的原因與父親有關。她臉色沉了下來，在心底嘆口氣，「媽，當初爸要離開，我不諒解他的行為，是妳叫我放下的不是嗎？可如今，怎麼變成妳無法釋懷了？」

「當時是因為我不想你們難過，事情拖得越久，你們會更放不下。但現在我反悔了，我不應該讓他拋下我們獨自享樂，我應該要留住他的。」

「媽，世上沒有反悔藥，即使後悔不已，已然決定之事也無法改變。」紀憶年堅定的說，「我知道妳很痛苦，我當初也糾結很久，覺得不能便宜他。可，妳知道最後是誰點醒我的嗎？是筱菁。筱菁以她的經歷讓我明白——別硬抓著已經不屬於自己的東西不放。

起初我不理解，但是想了許久，我確實沒有做到尊重，尊重爸爸的決定。他的離開確實讓我們難受，但我相信他最後一定會後悔！」

「憶年……可是我的心好痛……我們夫妻十多年了……」紀母一手按在胸口，痛苦不已的神情讓紀憶年看了十分不忍。

紀憶年緊緊抱著母親，在她耳邊輕聲說：「事情會過去的，痛，也會被撫平的。媽，一切都會變好的……」

話不只說給母親聽，也是說給自己聽。她也想安慰自己殘破不堪的內心。

★

留校練習的休息時間，紀憶年總和莫陞待在一起，從日常生活的瑣碎小事，到近期考試的狀況，他們都可以聊得愉快，完全看不出兩人是考場上的勁敵。

范筱菁全看在眼裡，她已經事先告知紀憶年莫陞家的情況，但如果紀憶年真的對莫陞產生感情，她也無法阻止。

紀憶年很珍惜留校練習的時間。這段期間，她和莫陸之間的距離縮短了，她也更了解他一點。

但有關家人的話題，兩人從未談起。紀憶年不想談，莫陸更是如此。家人這個話題是兩人之間的禁忌，誰也不想提起。

近期，紀憶年發現莫陸老是忘記事情。

前幾天她請莫陸借她他不需要的數學評量，她因為沒有多餘的錢去買評量練習，知道莫陸家中堆積許多評量，她想跟他要一本來練習。

莫陸答應了，結果隔天，當她提及此事，他竟是一臉茫然，不知道她在說什麼。

她原本想說，畢竟是人，忘記事情很正常。但，莫陸多次忘記兩人的約定後，她就發現事情並不單純。

「莫陸，你該不會得了健忘症吧。不然怎麼一直忘記事情呢？」

莫陸抽了抽嘴角，說：「我才沒有健忘症。但最近常忘東忘西倒是真的。」

「老天，你該不會開始老化了吧。」紀憶年笑了笑。

莫陸露出一抹冷笑，淡然的說：「如果是因為用腦過度而開始老化，那妳應該也快了。」

聞言，紀憶年掄起拳頭，示意要揍他，「別以為我聽不懂，你不知道我國一時的綽號嗎？」

莫陸看到紀憶年掄起拳頭的模樣，故作害怕，膽怯的說：「妳先說我老化的，怎麼現在反過來要打人呢？而且，我怎麼可能不知道『小狼犬』呢。」最後他的語調上揚，牽起一抹微笑。

紀憶年臉上的笑容越發陰險，「我看某人日子過得太舒服，需要一點『愛』的教訓呢。」

莫陸急忙從座位上離開，快步走向教室門口，對著紀憶年說：「剛才班導說要找我，我先過去了。」語畢，一溜煙地跑掉了。

「真是的，這什麼爛理由啊。班導找他？我看是去廁所躲起來了吧。」紀憶年笑著說。

「年年，妳跟莫陞感情很好耶。」

范筱菁的聲音出現在紀憶年耳邊。

紀憶年回頭瞥了范筱菁一眼，淡定地說：「還好吧。」

范筱菁翻了一個大白眼，「拜託，別把旁人當瞎子，你們倆身邊都是粉紅泡泡啊！年年，既然喜歡他，就告白吧！」

紀憶年知道瞞不過她，她湊到范曉菁耳邊，小聲地說：「我喜歡他沒錯。」

「我早看出你們倆互動不單純。話說，妳怎麼喜歡上他的？以前明明那麼討厭他。」

紀憶年聳聳肩，「不知不覺間喜歡上的吧。一開始我以為我是同情他的遭遇，所以才會越來越關心他。但最後，我發現我是真的喜歡上他了。妳說，我現在該怎麼辦？」

范筱菁搔搔頭，完全被紀憶年問倒了，「年年，我交男朋友是多久以前的事了，何況我的例子根本就不能當範例，現在問我，我也不知道怎麼辦啊！」

「還是……我們去問問隔壁班的余苡欣。還記得她吧？國中的同班同學，像校花一樣的存在，許多人心目中的女神，想必很多人追求過她，她也一定跟很多人交往過，不如我們去問她吧。」范筱菁提出她目前想到最好的方法。

紀憶年眉頭深鎖，一臉煩惱，「這樣好嗎？我不想讓太多人知道耶。」

「哎呀，就試試看嘛。不然，妳要回去問妳媽當初是怎麼跟妳爸在一起的嗎？還是問班導？妳覺得哪個比較恰當？」

紀憶年臉色鐵青，急忙搖搖頭，「都不好。我媽現在心情不好，我不想再讓她傷心。至於班導，妳借我十個膽，我也不敢去找她。」

范筱菁聳聳肩，「妳看，那只剩下去問『經驗豐富』的余苡欣囉。」

紀憶年無奈至極。她跟余苡欣不熟，這樣去找她，會不會打擾到她？

下一節下課，范筱菁拉著紀憶年站在隔壁班的教室外。

隨意拉了個從教室走出來的同學，請他轉告余苡欣，外面有人找她。

被一群人團團包圍的余苡欣得知消息，先是望向窗外，看到一直盯著教室內的紀憶年及范筱菁，她雖不明白她們找她的用意，但她仍起身走出教室。

紀憶年和范筱菁看到余苡欣走出教室，急忙上前搭話。

「余苡欣，妳記得我是誰吧，國中同學，前陣子同學會我們也有見過面。」范筱菁平舖直述的說。

余苡欣微微頷首，「范筱菁嘛。至於妳後方的，不正是學年第二的紀憶年嗎？小狼犬對吧。」

紀憶年聞言，尷尬的笑了笑，「呵呵，對對，我是紀憶年。」

「說吧，找我有什麼事？」余苡欣單刀直入地說。

紀憶年和范筱菁互看一眼，隨後，由紀憶年開口道：「我想問妳告白的技巧。」

「噗哧——」余苡欣沒忍住，不小心笑了出來，「我還以為妳想問什麼，結果竟然是問告白嗎？」

「欸，余苡欣，雖然我們有求於妳，但是我跟年年是認真的。」范筱菁真心不喜歡余苡欣的態度，令她厭惡。

余苡欣收起笑容，正經八百的說：「抱歉。不過，為什麼找上我？」

紀憶年用肩膀撞了撞范筱菁，要她幫忙回答。

范筱菁也難以啟齒，最後為了好友，她鼓起勇氣，說：「因為覺得妳經驗豐富，我便想說妳是我們最好的人選。」

聞言，余苡欣臉上非但沒有不悅的神情，反倒是一臉平靜，「看來妳們對我有很大的誤解呢。不解開誤會，也很難繼續說下去。」

紀憶年跟范筱菁面面相覷，對於「誤解」二字感到疑惑。

余苡欣約她們在會前賽結束後的週六在學校附近的咖啡廳見面，到時候她會先澄清她們之間對她的誤會，之後再針對紀憶年的需求提出一點意見。

余苡欣原本還問了紀憶年想要告白的對象是誰，但是紀憶年打死都不說，她表示這事目前不能大肆宣揚，因此不能告訴她。余苡欣雖然覺得可惜，但紀憶年不說，她也沒轍。

兩天後便是會前賽，放學後的練習也到一個段落。

紀憶年在高興之餘，也感到一絲不捨。她不捨這段美好的時光就這樣結束，她還想藉此更了解莫陞。不過，她發現莫陞這幾天明顯注意力不足。上課時經常恍神，練習的休息時間，她和他在聊天的過程中，莫陞也有好幾次發呆的情形，這是以前他從未出現的現象。

紀憶年開始覺得不太對勁，她懷疑莫陞的身體出狀況，認為他應該去檢查一下。

但莫陞卻拒絕了。如果去看醫生就會被他媽媽知道，他不希望他媽媽擔心，所以他堅持不去檢查。

既然當事人如此堅持，紀憶年也不能勉強他。只能繼續觀察莫陞的狀況，可，她的心卻是越發慌亂。

★

下午第二節開始是會前賽。尚未到集合時間，操場便聚集許多學生。

紀憶年跟在同學後方走向操場，她臉上難掩緊張。看了一眼走在前方的莫陞，越想越不對勁。越過幾位同學走到前方，伸手碰觸他的肩膀，把他攔了下來，「莫陞，可以談談嗎？」

莫陞蹙眉，不明所以的看著她。

紀憶年也叫住了班長，請他們先到休息區等候，她跟莫陞立刻過去。

班長一開始不同意紀憶年的要求，在紀憶年再三拜託之下，並表示他們絕對不會遲到後，班長才好不容易同意。

紀憶年推著莫陞來到較隱密的角落，確認四周無人經過後，她的雙手扣在莫陞的肩上，一臉嚴肅的說：「莫陞，我們現在要做什麼？」

「比會前賽。」莫陞淡淡的說。

聞言，紀憶年鬆了口氣，她拍拍胸脯，調整自己緊張的情緒，「呼——幸好你還記得。」

莫陞挑眉，淡然說道：「我這幾天狀況很好，放心吧。」

「那你現在會緊張嗎？我都快緊張死了。」紀憶年的內心躁動不已。

莫陞搖搖頭，語氣毫無起伏的說：「準備充裕了，為什麼要緊張？」

紀憶年不禁瞪大眼睛，扣在莫陞肩上的手更加使力，「你真的不緊張啊？你的字典裡有『緊張』兩個字吧？就算準備充足，可這麼大的場面，有那麼多雙眼睛盯著你，任誰都會緊張吧？」

莫陞無奈的笑了笑，「如果問我考試時會不會緊張，我也會回答不會的。」

紀憶年不再與他爭辯，莫陞真的是異類……

她轉身往休息區的方向走去。莫陞跟在她後頭，緊盯著她束起的馬尾在空中大幅度的擺動，他竟然興起想要伸手抓住它的想法。趕緊壓抑內心升起的念頭，卻在這時，他的心臟狠狠揪了一下，他停下腳步，手按在心臟的位置，表情猙獰。

身體微微彎曲，頭垂了下來。

正巧紀憶年回過頭，發現莫陞沒有跟上來，她急忙往原路走回，看到莫陞神情痛苦地蹲在地上。

「莫陞！」紀憶年趕到他身邊，看到他手按在心臟的位置，她的腦中亂成一團，深怕他出事。

莫陞想要出言安撫紀憶年，奈何胸口實在痛得他一個字都說不出來。

「我扶你去一旁休息。」紀憶年讓莫陞空出來的一隻手搭在自己的肩上，因為身高差的關係，她需要使更多力氣才能支撐住莫陞的重量。

在移動莫陞時，她在莫陞的手腕內側看到一條條怵目驚心的傷痕。紀憶年以眼角餘光瞥向莫陞，只見他雙眼緊閉，大口喘著氣，似乎想藉此緩和疼痛。

攙扶他到樹蔭下的長椅休息，紀憶年又直奔保健室，即使在走廊上奔跑被教官提醒她也沒有減速。

「護士阿姨——我需要擔架！」尚未抵達保健室，她便朝著內部大喊。

護士阿姨被她的聲音嚇了一跳，但看到她慌張的神態，便知道出事了。

她急忙從工具櫃內取出擔架，拎著擔架走出保健室。

兩人並肩走在一塊，紀憶年將莫陞的狀況告訴護士阿姨，她見護士阿姨的眉頭深鎖，越發擔心莫陞。

來到莫陞的所在位置時，他臉色蒼白地倒在長椅上。

「莫陞！」

護士阿姨迅速撐開擔架，她半路攔截幾位男同學把莫陞小心翼翼的抬上擔架，接著，他們便急忙將莫陞抬往校門口。

「紀同學，妳有比會前賽嗎？」護士阿姨問。

紀憶年頷首，「有，但是我不能拋下莫陞不管！」

護士阿姨一眼識破紀憶年對莫陞的特殊情感，她淺淺一笑，說：「傻孩子，妳一定為了比賽練習很久吧，別因為感情的事就讓自己的努力全白費。妳這樣會對不起同學，也會對不起自己。回去參加比賽吧，莫陸他不會有事的。」

被看穿心思的紀憶年不自覺瞪大眼睛。但，儘管護士阿姨的話令她察覺自己有多自私，可她就是無法放任莫陸不管！

「阿姨，我還是無法放心……」她覺得很愧對班上的同學。他們做足準備，準備在會前賽獲獎，但是她卻因為放不下莫陸而想要棄賽。

護士阿姨板起臉，嚴厲指責她，「紀同學，我還以為妳很聰明，可以區分事情的重要性，沒想到妳卻把感情看得比班級榮譽還要重要？這樣妳以後可是會鑄成大錯的。」

紀憶年陷入痛苦的掙扎。護士阿姨說的都對，但……

「紀憶年——」

聽到呼喚聲，紀憶年猛然看向聲音來源，剛才抬著擔架往校門口走去的男同學匆忙跑了回來。

「紀、紀憶年……莫陸有話對妳說。」他將手機遞給紀憶年。

紀憶年一把接過手機，按下播放鍵，莫陸虛弱的聲音傳了出來，「紀憶年……妳現在一定傻傻地……想要跟我到醫院去，對吧？妳絕不能這麼做，千萬別忘記自己花了多少時間練習，我……等妳的好消息。」

聞言，紀憶年舉起手拭去眼角的淚珠，雙手拍拍自己的臉頰，臉上再無猶豫，只有堅定不移的決心！

「莫陸，謝謝你。」紀憶年在心底向莫陸道謝。

「謝謝你。」她將手機歸還給男同學，笑著向他致謝。

語畢，她往休息區的方向跑去。

護士阿姨欣慰地看著紀憶年離去的身影，下一秒，她轉過身，跨大步走向校門口。莫陸出事，校方一定會聯繫他的母親，如此一來他們又將面對另一道難題，她必須到醫院親自確認莫陞的情況才有辦法給莫母一個解釋。

紀憶年來到休息區時，她接收到許多惡意的眼神。她愧疚地垂下頭，不敢面對同學。

班長走出人群，站在她面前，「紀憶年，我已經聽說莫陞的事了。雖然很遺憾，但是我們班男子一百公尺注定只能棄賽。只是，我沒想到妳竟然也想要棄賽？」

「我……」紀憶年說了一個字就放棄辯解了。

她剛才真的想要放棄比賽，所以她無法反駁。

班長嚴厲的眼神漸漸軟化，一手放在她肩上，輕拍一下，「紀憶年，謝謝妳沒有忘記我們。」

紀憶年感到慚愧。班長字字句句都在提醒她——不要對不起一同奮鬥的隊友！

「……對不起，真的很對不起……」紀憶年聲音沙啞地說。

她發誓她不會讓班上同學辛苦練習的成果付諸流水，她要為了奪得榮耀奔馳於跑道上。

她要連同莫陞的份一起努力，要將好消息帶給莫陞。

★

四百公尺開始前是個人賽。紀憶年來到跳遠場，因為由高一先跳，所以很快地便輪到她。

站在跳遠場的跑道上，看著不遠處的沙坑，她深吸一口氣，接著便跑了出去，一隻腳踩到踏板後，腳下用力一蹬，整個人騰空飛躍，最後雙腳落地，重心向前傾，如此才不至於讓身體向後倒，反倒縮短跳躍的距離。

當記錄員念出她的成績時，紀憶年在心底默默歡呼，她的成績比練習時好很多！

原本佔據第一的她，卻在後來上場的一位同學跳出比她更好的成績後，她瞬間變成第二名。

「嘖。」她不安地咋舌，臉上卻不改靜默，令旁人看不出她的情緒。

第二次試跳的時候，紀憶年先在心底祈禱，祈禱她能發揮出更好的實力，可以突破極限。

紀憶年邁開步伐，踩到踏板後，奮力一蹬，最後落地時，她的手因為落地時重心不穩，往後壓出一個痕跡。她終究沒有突破第一次的成績，雖然可惜，但是她也接受這個事實。

最終，她拿到第二名的成績。回到休息區，班上同學得知她獲獎的消息，都替她感到高興。

紀憶年心情也舒坦多了。她可以給自己跟莫陞一個交代了。

休息一段時間，體育組廣播請高一各班參加四百公尺接力的選手到操場中央參加檢錄。

一群人浩浩蕩蕩地走到操場中央，聽從現場老師的指示坐下，並由班上派出一人領取號碼衣，按棒次傳遞下去。

紀憶年是第三棒，負責搶跑道。從她得知自己是第三棒時，她便感到壓力重大，所幸第四棒是校內田徑隊的選手，有一個強棒在她後方，她很安心。

比賽準備開始，由女生先上場。紀憶年站上跑道，望著前方班上第一棒的同學，深吸一口氣，朝著她大喊：「張敏恩加油！」

第一棒張敏恩聽到她的呼喊，回頭看了她一眼，對她比出一個「讚」的手勢。

裁判已經就定位，他高舉著鳴槍，與另一個接力區的老師確認完畢後，大聲的說：「各就各位——」

第一棒的選手皆單膝跪地。在裁判喊預備時，身體微微撐起，撐在後方的那隻腳已然準備蹬地衝出。

砰——

槍聲大作，選手們在聽到槍聲時都立刻衝了出去。

張敏恩與另一名選手並列第二，兩人之間的差距極小，競爭相當激烈。

紀憶年緊張地看著奔馳於跑道上的同學，待張敏恩將棒子傳給第二棒時，她調整心情，進入備戰狀態。

兩人間的距離越來越小，紀憶年的膝蓋微彎，在第二棒接近她時，她轉過身，開始加速。

「紀憶年！」

第二棒的同學大喊她的名字，她馬上將左手伸向後方，在接到接力棒的瞬間，又加快腳下的速度。

她拚命想要追上前方領先的人，奈何自己的雙腳彷彿被綁上鉛塊，大腿肌的痠痛感也在此時襲來，即使如此，她仍咬著牙，在速度不落下的前提，來到接力區，將接力棒交給第四棒，完成她的任務。

剛跑完，呼吸急促無法立即坐下。紀憶年便站著，對著快要追上前方選手的第四棒大喊加油。

只可惜最後第四棒仍無法在終點前追過領先的選手，最終女生獲得第二名，與第一名擦身而過。

紀憶年收拾起難過的心情，緊接而來的是男生的比賽，她得先離開操場中央，跟班上同學們一起為男生們加油打氣。

最終，男生在競爭激烈的比賽下拿到第四名，這已經是不錯的成績了。

范筱菁遞給紀憶年水壺及毛巾，「剛才兩場比賽都超可惜，差一點就第一了。」范筱菁感嘆道。

紀憶年也覺得很不甘心，不過事已至此，也無法改變事實。

「都盡力了，可能我就適合當老二吧。」紀憶年忍不住自嘲。

范筱菁輕笑了笑，「可能妳真的那麼『二』哦。」

紀憶年聳聳肩，不以為然的說：「反正當老大太累了，退一步海闊天空，給自己進步的空間，人生才有目標嘛。」

「呦——我們家年年看開了。」范筱菁知道她一直以來都追求著第一名的位置。如今聽她這麼說，倒像是她終於不再給自己施加沉重的壓力了。

「看開嗎？但我的目標始終不變，仍是第一。」紀憶年笑著說。

倏忽，她的腦中一閃而過莫陞手腕的傷痕。臉上的笑容頓時消失。

「那是刀傷嗎？他自己用美工刀割的？但看起來又像是用手掐的……他為什麼要傷害自己？」紀憶年百思不得其解。

她想問莫陞的事有太多太多了。

放學後，紀憶年決定到導師辦公室找班導。所幸班導尚未離開，她便向班導詢問莫陞目前的情況。

班導很意外，她沒想到紀憶年對莫陞如此關心，「憶年，妳很在意莫陞嗎？以前看妳對他的態度就跟仇人差不多，現在怎麼開始關心他了呢？」

紀憶年尷尬地別開視線，支吾其詞，不知該如何解釋。

班導也沒有逼迫她，只是笑笑，沒有繼續這個話題。

「莫陞的狀況穩定，也已經清醒了。但需要住院觀察，我剛剛詢問過護士小姐知道的。莫陞媽媽不接電話，莫陞暫時也無法使用手機，所以我們也無法了解更多。」班導說。

紀憶年下意識點頭，臉上擔心莫陞的心情一覽無疑。

「憶年，身為你們的班導我還是要提醒妳。你們這個年紀的孩子還是先以課業要緊。我知道妳是個自律的孩子，妳的成績也一直很穩定，所以談戀愛就等上大學之後再說吧。」班導真誠地說。

有太多談戀愛而荒廢學業的先例存在，像紀憶年這般未來不可限量的孩子，她真的很怕會落入愛情的深淵，反而忘記自己的本分。

紀憶年將班導的話牢記在心，她莞爾一笑，平淡的說：「謝謝老師的提醒，我會注意的。也謝謝老師告訴我莫陞的狀況，那我先離開了，老師再見。」紀憶年向班導微微傾身後，轉身離開。

今天得知莫陞藏著的一個祕密，她非但沒有喜悅之情，她更加恐懼、害怕。害怕他身上是不是還有更多傷疤，他會不會再次傷害自己？

她帶著煩憂回到家。回家後，她又必須佯裝沒事一般，以免被弟弟、妹妹察覺。獨處時，她又開始煩惱莫陞的事情，搞得自己想讀書也不行，想破例提前睡覺也睡不著。滿腦子都是莫陞，就這樣度過失眠之夜。

隔天一早，她頂著兩個黑眼圈站在鏡前，她不禁感嘆：「唉——戀愛真是毒藥，嘗過禁果後便上癮了。」

她不知道莫陞是如何看她的，但第一次喜歡上一個人的紀憶年，已然無法從戀愛的牢籠離開。她對莫陞喜歡得無可自拔。

第五章：青少年型失智症

莫陞在醫院待了一個多禮拜，期間，檢查報告出爐，莫母接過報告時，非但神色淡定，而且還笑著拍打莫陞的肩膀，說：「莫陞，你快要可以出院了，漏掉的進度，我會請家教老師幫你補回來。」

莫陞蹙眉，語氣冷淡的問：「媽媽，我的身體到底怎麼了？」

與莫陞冷漠且帶著緊張感的語氣不同，莫母的反應實在太反常。看到報告書的當下必然是神情慌張，可她過於冷靜，冷靜到像是他們現在所在的地方根本不是醫院。

「並無大礙。你小時候做健康檢查就發現你有天生心臟的問題，這次也是因為狀況有些惡化，但是醫生說已經穩定了，那就不用那麼擔心囉。」

心臟的問題！莫陞不懂莫母為何能夠笑著說出這件事。

全身的血液如同被凍結一般，他一臉驚恐地看著莫母。

「媽媽，心臟狀況惡化不需要再多做什麼檢查嗎？心臟是人最重要的器官，為什麼妳看起來一點也不擔心呢？」莫陞激動的說。

莫母看到莫陞激動的反應，她以一個不解的表情看著他，「何必這麼激動？都說你目前狀況不錯，我也問過醫生，不會影響你學習。運動會你也可以參加，只要不要太劇烈運動就好……」

「媽媽！難道成績比我的身體還要重要嗎？我的成績一直都保持在第一名，妳為什麼要持續逼迫我呢？」語畢，他馬上就後悔了。他的神情變得慌張，看著莫母，臉色變得蒼白。

莫母的臉色沉了下來，幽深的雙眼直盯著他，令莫陞感覺有匹凶狠的野獸在看著自己，他下意識抓緊床單，背貼在後方的枕頭。

「莫陞，媽媽用心栽培你，就是希望你未來考上醫學系，成為這個國家最厲害的醫師。我們家很有錢，你如果想去外國進修，媽媽也很樂意送你去。只是，你未來就只能是醫生，要考上醫生，成績就必須是最優秀的，媽媽現在做的這一切都是為了你的將來啊！」

莫陞不敢直視母親的眼睛，莫母的眼神令他懼怕。

口口聲聲說是為了他，但這沉重的壓力卻令他無法負荷。

莫母坐在床緣，伸手拉過他的手，掌心輕輕磨蹭他的手背，「莫陞，聽媽媽的，不要被別的事情分心。只要是你讀書上需要的，媽媽都願意提供。媽媽就剩你了，媽媽最愛你啊！」

莫陞想要抽回手，奈何莫母握得太緊，他的手抽不出來。

在莫母做著有關未來的美夢時，莫陞將臉轉向另一旁，鬱悶的臉龐投射在玻璃窗上，他深知自己活在名為「愛」的恐怖牢籠內。

母親對他的愛越深，他越是痛苦……

出院後，莫陞在家待了一天，由家教幫他補足課業上的進度。

隔天來到學校，他才剛踏入教室，前方突然冒出一個人將他緊緊抱住。

「紀、紀憶年，你在幹嘛！」

紀憶年從他的懷裡探出頭，將雙手搭在他的肩上，和他拉開一段距離後開始打量起他。

「幸好你沒事。」紀憶年喃喃自語道。
莫陞默默拉開紀憶年搭載他肩膀上的手，「別這樣，被看到會被誤會。」
紀憶年有點小失望，將手收回，擺到身後，「對不起嘛，因為看到你太高興了……抱歉。」
莫陞聽到紀憶年的道歉不禁皺眉，「我不是在責怪妳，不用跟我道歉。」
紀憶年僅是笑了笑，不再談論這件事。
「你檢查結果如何？」
莫陞沉默片刻，先走到自己的位置將書包放下後，腰部靠在桌子，頭微微仰起，輕聲說：「我天生就有心臟上面的問題，這次檢查發現狀況有些惡化。」
紀憶年完全沒想到他是心臟出事！
「那現在呢？心臟還有刺痛感嗎？心臟耶！那運動會大隊接力還能跑嗎？不，你絕對不能跑！」
紀憶年滔滔不絕地說個不停，莫陞的臉色是越發深沉。
當她看到莫陞的臉色，以為他生氣了，她端詳許久，最後竟在莫陞的臉上看到一抹淡淡的笑容。
「莫陞？」紀憶年打探式地呼喚他的名字。
「紀憶年。」
「嗯。」紀憶年發出微弱鼻音回應他。
莫陞抬起手，放到心臟的位置，「醫生說我目前狀況穩定，不需要太擔心……」他頓了一下，「而且，我還沒虛弱到連跑步都會要命的地步。」
聽當事人這麼說，紀憶年才鬆了口氣，「那就好，不然我真的怕你哪天在學校心臟病發咧。」
莫陞淺淺一笑，挑眉看著她，「感覺妳才是我母親呢。」瞬間，他的臉上一閃而過一絲不易察覺的悲傷，「妳比我的母親更關心我的身體……」

「是嗎……」紀憶年心裡有說不出的哀傷。

兩人周遭的氛圍瞬間變得凝重。

「誒，莫陞來了！」

教室內出現第三個人，凝重的氛圍多了些生氣。

之後同學們陸續進入教室，看到莫陞，他們不禁上前關心他的狀況。

莫陞對待他們都是笑而帶過，沒有多說什麼。

紀憶年默默走回座位，從座位望向被團團包圍的莫陞，想起會前賽結束的週日，她與范筱菁和余苡欣在學校附近的咖啡廳談論的內容。

那日她與范筱菁相約一起去赴約時，才剛進到咖啡廳，便看到坐在中央位置的余苡欣。

余苡欣也看到她們，向她們招招手。紀憶年和范筱菁走了過去，拉開椅子坐了下來。因為是週末，咖啡廳內湧進許多客人前來享用下午茶。

不等紀憶年她們提問，余苡欣便主動開啟話題，「請妳們先聽聽我的故事，等聽完後，應該就可以解開妳們對我的誤解了。」

紀憶年和范筱菁同時頷首。兩人靜靜等候余苡欣開口。

「我的母親是越南人，當年父親被派到越南出差時，兩人在當地的賣場有一場浪漫的邂逅。母親生得漂亮，在當地有很多人上門提親，但母親都看不上眼，覺得那些人都只是喜歡上她的外表。直到有一天她出門採買，遭到一個猥褻男子搭訕，母親擺脫不了他，這時父親及時出手幫助母親，驅離那名男子。

這段邂逅很夢幻、很不切實際對吧。不過父親見到美若天仙的母親便對她一見鍾情，但母親並非如此。

她看到他的眼神，認為他也是覬覦她美貌的男人，因此向父親道謝後便匆匆離去。父親花了很多時間才得到母親的認同，讓母親對他敞開心房。

我出生後，母親經常告訴我，絕對不能因為自己外貌出眾而驕傲，而且要找個真心待妳的男人，不是那種只喜歡妳外表的男人。」

紀憶年好像可以理解余苡欣說的誤解是什麼了，「妳是想告訴我們，妳根本就不是旁人說的經驗豐富，不是那種交過好幾個男朋友的人，對嗎？」

余苡欣莞爾一笑，說：「妳能明白就好。老實說，我有談過戀愛，但也只有一次，也分手了，所以我現在是單身呢。」

「對不起，是我誤會妳了！」范筱菁低頭向余苡欣道歉。

紀憶年也低下頭來，表達對她的歉意。

余苡欣擺擺手，表示自己並不介意，她又說了一些事之後，紀憶年對余苡欣是越來越欣賞了。

★

解開誤會，余苡欣開始講這次的重點——如何告白。

她開始分享自己對告白的想法。

「最多、最普遍的就是當面告白以及寫信告白了。憶年，如果是妳，妳會選哪一種？」余苡欣問。

紀憶年立刻僵住，她被問倒了，她從沒想過要以什麼樣的方式向莫陞告白，「……呃，應該是當面告白吧。」

總覺得寫情書的方式告白，那張紙最後變成計算紙的機率比較高。

「那妳挺有勇氣的，當面告白難度很高耶！」余苡欣笑著說。

「年年，當面告白很需要勇氣耶，而且結果很兩極。告白成功的話，當然沒事；失敗了，那根本苦不堪言啊！」范筱菁不贊成紀憶年的決定。

紀憶年更加糾結，她根本不知道自己適合什麼方式，以哪一種方式告白成功機率更高，她根本不懂這些啊！

「不然妳先想想妳打算何時告白？」余苡欣提供一點建議。

紀憶年的瞳孔漸漸放大，興奮的說：「中秋節呢？妳們覺得如何？」

中秋節的時候有連續幾天連假，他們倆住得近，想要偷偷約出來見面應該不難。何況中秋節就是要團圓，她會試著讓莫陞那不完整的心在中秋那天化為圓滿的。

余苡欣不知道紀憶年跟莫陞家住得很近，但是她覺得紀憶年提出的想法不錯，「不賴耶！中秋人團圓，不錯不錯。」

「我也贊成，年年，妳也挺有情調的嘛。」范筱菁不禁調侃她。

紀憶年被她這麼一說，臉蛋泛起微紅。

范筱菁爽朗一笑，覺得害羞的紀憶年真是可愛極了。

「苡欣，感謝妳的建議，接下來我會自己努力的！」紀憶年真誠地向余苡欣道謝。

余苡欣淺淺一笑，「不必那麼見外，其實我本來的目的是想要消除妳們對我的誤解呢。」

范筱菁佩服地看著余苡欣。她握住她的手，語調難掩激動，「苡欣，我決定向妳多多學習！」

余苡欣尷尬地笑了笑，「不需要這樣啦。每個人都有屬於自己獨一無二的性格，心靈的樣貌是與生俱來，不必勉強自己做改變，順從自己的內心即可。」她望向紀憶年，「憶年，妳要多為自己著想，妳那顆想要拯救蒼生的心太偉大了，多關心自己，知道嗎？」

余苡欣多少聽聞紀憶年家裡的狀況，在同情之餘，她還為紀憶年感到惋惜。同年齡的孩子在享受青春時，她卻為了要貼補家計拚命讀書，到了最後她對自己越發殘忍，總為家人著想，也忽略自己本身。

紀憶年明白余苡欣說的話，但能否做到，又是另外一回事了。

距離中秋節只剩下幾天，而距離運動會也只剩下兩週的時間。

班上同學在體育課時分為兩組，一組是大隊接力的參賽選手，共二十人；一組是趣味競賽的選手，也是二十人。其餘同學皆為替補。

紀憶年和莫陞都有比大隊接力，儘管之前身體出狀況，莫陞仍堅持要參加大隊接力。因為他想要彌補會前賽棄賽的遺憾，想要在大隊接力時貢獻一己之力。

體育課練習時，紀憶年總是注意莫陞的一舉一動，擔心他的身體出狀況。

幾次看下來，莫陞看起來就跟平常沒兩樣，詢問他的狀態時，他也表示心臟沒有刺痛感，讓紀憶年別擔心。

雖然莫陞在練習時沒有問題，但近期他的學習卻出現狀況。

以往考英文單字，莫陞都是一百分，但是近期的考試，他總是會忘了幾個單字，成績從一開始的一百分，到九十，更慘的竟然到了七十。原本考卷上都只有一個大勾勾，如今，卻多出一些紅字，好久沒有看到他拿滿分了。

他的狀況也發生在其他課上。最近上課的內容，他總要花一段時間才能記下，而且遺忘的速度非常快。幾位老師都看出莫陞的怪異之處，甚至在下課時間找他到教室外談談。

看著臉上不再平靜，而是越來越倉皇失措的莫陞，紀憶年想起之前她曾對莫陞開的玩笑話。她曾開玩笑說莫陞又不是得了健忘症，否則怎麼會忘東忘西呢？

不過此時，她真的覺得莫陞病了。或許，真的得了健忘症……

她找了個時機，向莫陞說出她的疑慮，「莫陞，我認為你需要再去醫院檢查一下。感覺你病得很重。」

莫陞眼神空洞地注視著她，「最近，無論我再怎麼努力，幾分鐘後，那些內容就像是根本不存在於我腦中一般，消失在我的記憶裡，怎麼想都想不起來。」他雙手按著腦袋，神情痛苦的說：「我也想去看醫生，但是我怕讓我媽媽發現。她會怪我沒有好好照顧身體，認為我浪費讀書時間……」

紀憶年伸手搭在他的肩上，微微施力，「再怎麼說她都是你媽媽，所以，我覺得你還是跟她說一聲會比較好，事後再告訴她，恐怕不太妥當。」

她認為家人之間不該有所隱瞞，或許莫母只是佯裝不關心他的健康狀況，私底下可能一直有在關心他，只是莫陞不知道罷了。

莫陞想了想，仍決定暫時不告訴莫母就醫的事。紀憶年也尊重他的決定，畢竟這是他深思熟慮思考後得出的答案，她當然要尊重他。即便她認為應該要告訴莫母才是對的。

今日莫陞的家教因為家中有事情，因此無法替莫陞上課。莫母今晚也要與友人出門用餐，莫陞便決定利用今日放學後去看醫生。

紀憶年堅持陪他一起去，莫陞拗不過她，只好妥協。

出發前，紀憶年打電話給紀實麟，告訴他，今晚她會晚歸，不用幫她留晚餐。

紀實麟提醒她在外注意安全，之後便掛斷電話。

抵達醫院，院內有許多前來看診的病人坐在等候區等待叫號。

莫陞在路上已經上網調查，以他的症狀要看神經內科，掛完號，他與紀憶年一同坐在等候區。

來醫院前，他們已經用過晚餐，紀憶年請客的，因為她想要還莫陞之前請她吃飯的飯錢，在她的堅持下，這一餐便由她出錢。

今日神經內科的病人不多，等了半小時便輪到莫陞。

進入看診室前，莫陞神情緊張，他伸出的手僵在半空中，沒有立即推門而入。

紀憶年伸手握住他的手，輕聲說：「我會陪著你。」

莫陞感激地看著她，推開門，進入看診室。

★

莫陞不安地坐在椅子上，任由醫生拿著診療器材對他進行檢查。

他將最近經常忘記事情，記憶有問題的事情告訴醫生，醫生聽完他描述的情況後，皺起眉頭，臉色凝重，「雖然目前只是推測，仍需要做進一步的檢查，才可以確認是否為我猜測的一樣，但，我可以問一下你是否有心臟方面的疾病？」

莫陞頷首，「小時候醫生便說我遺傳到祖父到祖父，所以有天生的心臟問題。請問，我最近的狀況跟天生心臟問題有關聯嗎？」

醫生沉思片刻，語氣沉重的說：「以醫界過去的經驗，不難說你現在的情況跟心臟有關聯，或許，你的情況是罕見的青少年型失智症。」

「青少年型失智症？」莫陞將病名唸過一遍後便陷入沉默。

「失智症」三個字也在紀憶年腦中盤旋著。

「目前青少年型失智症的例子極少，最可能會罹患青少年型失智症的原因有兩種：一是頸椎錯位，二便是跟先天性心臟方面的問題有關聯。而會引發青少年型失智症又有一個很重要的原因——長期處於高壓的環境，有憂鬱，甚至躁鬱的傾向。同學，你有上述的情況嗎？」

莫陞的眼神不斷飄移，不敢直視醫生。

「同學，如果你不說，我也無法替你治療。青少年型失智症不是絕症，確認你罹患這種病對你近期內的記憶力確實有很大的影響，但只要你接受治療，並改善現在所處的環境，惡化的速度會降到最低，你的狀況會跟之前沒有兩樣。所以，你要老實的告訴我，我才能對症下藥。」醫生嚴肅的說。

紀憶年看莫陞仍不願開口，她也急了，「莫陞，你要把你的情況告訴醫生，醫生才能幫你治療啊！難道你不想恢復健康嗎？」

莫陞掙扎片刻，最後緊繃的身體放鬆下來，他無奈的扯了扯嘴角，說：「我媽媽一直以來都希望我未來能夠成為一名醫生，所以她很要求我的課業，希望我能夠填補父親的位置，成為比父親還厲害的醫生。」

「方便問一下你母親和父親他們之間發生什麼事了嗎？」醫生問。

「離婚了。」莫陞平淡的說。

「你父親是位醫生？」

莫陞微微頷首，「他是某間醫院的院長，媽媽則為某間企業董事長的大女兒。當時，爸爸因為受不了媽媽咄咄逼人的態度以及脾氣，因此他很少回家，即使回家，跟媽媽的互動也很冷淡。有一天，媽媽受不了內心的慌亂，以及她的猜疑，在沒有告知爸爸的前提下，她來到醫院，親眼目睹爸爸和一名女醫生笑著閒聊的畫面。當下我也在場，我看著媽媽面目猙獰，對照爸爸喜悅的神情，儘管當時我只是五、六歲的孩子，我也明白，爸爸跟那位女醫生相處時，是多麼愉快。」

紀憶年感到訝異，因為莫陞家的狀況跟他們家很相似。

莫陞繼續說下去，「當爸爸回家，媽媽立刻拿著照片指責爸爸，說他背叛這個家。爸爸也向媽媽解釋，說自己與那名女醫生只是同事，但媽媽完全聽不進去，以偏概全，認為爸爸想跟她離婚。最終爸爸受不了媽媽的脾氣，真的提出離婚。後來兩人為了離婚一事吵了許久，最終媽媽簽了字，就此確定兩個人婚姻的破滅。自此，媽媽對我課業的要求更加嚴格，她要我將醫學系當作目標，其他的我完全不敢妄想。

從小到大，我便被要求不斷讀書、讀書、讀書。我真的很累，不知道從何時開始，我有了想要自殺的念頭，覺得只要一刀劃下去，就可以得到解脫。但，當我拿著美工刀抵在自己手腕，我又畏懼了。所以，每當我壓力大到喘不過氣，我就會用力掐著我的手腕、大腿，如果不這麼做我真的會受不了。」

莫陞停了下來，不再說話。

紀憶年站在他身後，眼淚撲簌簌地流下。摀著嘴，不敢大聲哭泣，但是啜泣聲、吸鼻子的聲音仍傳入莫陞耳中。

莫陞轉過頭，眼神中百般無奈，「紀憶年，我們真的很像呢。套用一句我在書中看到的句子——『我們都是為了取悅母親而委屈自己的人』，這句話不就是在說我們倆嗎？」

紀憶年哭得泣不成聲，全身止不住顫抖，最後雙腳失力，跌坐在地。

醫生是見過許多案例，和莫陞狀況相似的病人也不是沒見過。可，每每聽到孩子受到家人逼迫，而衍生出一些身體疾病，甚至有輕生念頭，他終究無法習慣，會忍不住紅了眼眶。

「孩子，你應該讓你媽媽知道你的狀況。你因為長期處於高壓的環境，身體已經出現狀況，若再不改善環境的話，失智症惡化的速度只增不減。」醫生伸手拍了拍莫陞的肩膀。

「我真的可以回復到以前的狀況嗎？我還有救嗎？」莫陞壓抑內心的焦慮，問道。

紀憶年也緊張兮兮地盯著醫生，期待醫生說出「有救」兩個字。

可是醫生的反應卻讓他們倆失望了。醫生板起嚴肅的面孔，正經的說：「一旦確認罹患失智症，就代表大腦已經開始萎縮。大腦萎縮會直接影響到你的記憶。腦神經網絡、海馬迴記憶與前額葉邏輯思維都已經受損，無法恢復到以前的狀態。但是，靠著重新啟動受損的神經，可以達到控制病情惡化的效果。只是，治療期間，你在學習上會比較辛苦，而且你也要盡可能避免負面情緒，如此一來治療才能達到最好的效果。」

莫陞頷首，表示自己明白了。

紀憶年也記下醫生提醒的內容，不過，眼下最關鍵的人物仍是莫母。如果她仍不改對莫陞的態度，莫陞的病情真的會控制不住。

醫生開了藥，讓莫陞回去按時吃藥，也要按時回診，以確保病情穩定。

離開前，醫生仍建議莫陞要主動將身體狀況告訴母親。莫陞答應他，便走出了看診室。

離開醫院時已經晚上八點多，莫陞和紀憶年搭上停在醫院外的計程車。

一路上，兩人沒有對話。車內除了廣播節目的聲音，就沒有其餘人聲了。

兩個人皆望向窗外，各自藏著心事。

等到達目的地後，莫陞付了錢，紀憶年沒有反對，跟著他下了車。

兩人一前一後走在回家路上。紀憶年走在後方，看著莫陞厚實但體內卻藏著無盡哀愁的背影，心情鬱悶，卻無處發洩。

她以前總認為莫陞擁有她所沒有的一切。有錢、地位、豐富的資源，這都是她所嚮往的。如今，她卻覺得自己真的比莫陞幸福多了。

雖然什麼都沒有，但至少家帶給她的感覺是溫暖的。而莫陞，卻一直生活在壓力下，她甚至認為莫陞沒有被逼瘋真的很厲害。

「紀憶年……我還是決定先隱瞞這件事。」莫陞淡淡的說。

「嗯。」紀憶年以鼻音回應他。

突如其來的失智症，令莫陞的處境更加艱難。他不知道要如何對媽媽啟齒，也不知道她知道會有什麼反應。她會替他擔憂嗎？他不清楚。

但他更加恐懼的是，倘若失智症真的影響他的課業，接踵而來的問題，是他完全不敢想像的。

沉思半晌，他還是認為暫時藏在心底就好。

目前首要之務，便是控制病情，盡可能地維持自己的成績，如此便可瞞著媽媽。事已至此，他也只有這個方法了。

★

當晚，莫母與友人聚餐結束回到家，才剛放下包包，就直接走向莫陞的房間，推開門，看到他乖乖坐在位置上讀書，她露出滿意的笑容。

「媽媽不在也那麼認真，果然是我的乖孩子。」莫母從後方環抱住他。

莫陞淡然地說：「媽媽，妳聚餐應該也累了，先去盥洗吧，我功課寫完要接著寫數學習題。」

莫母對莫陞的話沒有任何懷疑，她寵溺的揉了揉莫陞細柔的頭髮，語調溫和的說：「你每次都可以達我的要求，而媽媽對你高中唯一的要求，就是在學測時考滿級分，取得醫學系的資格。不用太嚴格要求自己考上第一學府的醫學系，我們這裡就有排行前三的醫學系，你只要以此為目標就好，媽媽都幫你設想好了。」

莫陞保持沉默，沒有回話。

莫母又接著說：「莫陞，你別怪媽媽對你嚴格，媽媽做的一切都是為你未來鋪路。將來你成為醫生，就沒有人敢瞧不起你。你是社會上的菁英，每個人看到你都是恭恭敬敬的。哪像我，出身名門，卻沒有優異的社會地位，就因為這樣，你爸爸才會拋下我，選擇跟那個女醫生在一起。你說，我如果不這樣要求你，堅持你一定要成為醫生，未來還會有人看得起你嗎？」

莫母又再次將自身的例子套用在莫陞身上。

這絕不是他第一次聽到她這麼說，但卻是他第一次想要出言反對她。

「……媽媽，謝謝你為我做的一切。」

但，他終究不忍說出反對母親的話。他怕傷到母親的心，所以他選擇委屈自己。

莫母欣慰地看著莫陞，寵溺的將他擁入懷，「孩子，你是媽媽唯一的依靠，你能明白媽媽的苦心就好。你要記得，媽媽最愛的人是你，媽媽絕不會傷害你。」

莫陞眼神黯淡無光，身體僵硬，任憑母親抱著自己，「我知道，我都知道。」他語調生硬的說。

放在桌子底下的手，又緊緊掐著大腿，在上頭留下一個個深紅的印記，令人怵目驚心。

翌日紀憶年在學校，仍持續關注莫陞的狀況，而她也加緊準備告白的事。

她選擇在中秋節那天告白，為了應景，她還特地購買仙女棒存放在家裡。表面上說是要給紀蒔音玩，但實際上她是要在告白時使用。

莫陞最近考試的情形仍未恢復正常，他整天愁眉苦臉的，紀憶年看了心情也不好。

「唉——」紀憶年長嘆一口氣。

「年年，妳年紀輕輕就常嘆氣這像話嗎？」范筱菁忍不住調侃她。

紀憶年又輕嘆一聲，不理會范筱菁。

范筱菁覺得紀憶年很反常，一個準備要告白的人怎麼一直在嘆氣？何況紀憶年以前都是一副信心十足的樣子，如今她苦喪著臉，必然發生了什麼事。

「年年，告白的日子就剩下兩天，或許再兩天妳就可以跟莫陞在一起了。難道妳緊張了？還是沒錢買道具啊？」

范筱菁持續在紀憶年耳邊碎念，她都快被煩死了，「范筱菁，妳先別煩我，我現在頭很痛。」

范筱菁沒有因為紀憶年對她鬧脾氣而生氣，她反而更好奇她發生什麼事了，「年年，妳到底在煩惱什麼啦？是告白的事嗎？」

「不是那個，是別的啦！」紀憶年說完，又哭喪著一張臉。

范筱菁看不下去，她拉著紀憶年的手走出教室。兩人來到廁所外面的一片空地，范筱菁才放開她的手，「現在就我跟妳兩個人，妳跟我說妳到底在煩惱什麼吧。」

紀憶年猶豫著能否告訴范筱菁，但看到她緊迫盯人的模樣，又想想范筱菁的性格，告訴她應該沒關係。

「筱菁，我接下來說的事情，妳絕對不可以說出去哦。妳先答應我，我才能告訴妳。」紀憶年嚴肅的說。

范筱菁雖然不明白紀憶年為何如此嚴肅，可她還是先答應紀憶年，絕不將今日之事傳出去。

紀憶年這才將自己陪莫陞到醫院檢查，莫陞得了青少年型失智症的事情說出口。

「蛤！年紀輕輕就會得失智症哦！」范筱菁開始緊張了。

紀憶年朝她翻了個白眼，覺得范筱菁完全反應過度，「喂，妳先聽我說。醫生說，青少年型失智症的案例極少，通常是頸椎錯位或是先天性心臟疾病患者才會發生這種狀況。妳別瞎緊張了。」

「齁，嚇死我了，我還以為這種病是普遍疾病咧。話說，莫陞怎麼會罹患失智症啊？那他最近考試失常也是因為這個原因？」范筱菁問。

紀憶年頷首，鬱悶的說：「他有天生的心臟問題，加上他媽媽對他要求太嚴格，長期處於高壓環境，就生病了。」

范筱菁蹙眉，她開始同情莫陞，「年年，那失智症有辦法醫治嗎？」

「目前靠著吃藥，還有調整心情，盡可能不要有負面情緒，這樣就可以大幅降低惡化的機率。但，我覺得莫陞他可能很難不惡化……」

「為什麼？」范筱菁看到紀憶年欲言又止的模樣，不禁好奇地想要聽下去。

紀憶年心想，莫陞肯定沒有將病情告訴莫母。他什麼都不說，那他依然生活在莫母高壓的管教之下，對他的病情沒有好處啊！

「年年？」范筱菁發現紀憶年開始發呆，她搖晃她的肩膀，把她拉回現實。

「唉呦，他媽媽不知道他的狀況啦！所以她還是會強迫莫陞要維持在第一名，並且未來考取醫學系，這樣對莫陞的病情一點幫助也沒有啊！」

「天啊！如果我爸這樣逼我，我早跳樓了啦！」范筱菁再次誇大其辭。

「我真的很擔心莫陞，其實我現在也不想跟他競爭了，我只希望他可以好好的，病情能夠被控制住，我就很高興了。」

范筱菁看紀憶年對莫陞用情極深，但，莫陞又是如何看她的呢？

「年年，妳這麼喜歡莫陞，但如果他只把妳當朋友，那妳付出的一切不都功虧一簣了？」

紀憶年偏頭沉思，她不是沒想過范筱菁擔心的問題，反之，她其實都是以莫陞會拒絕她為前提在準備這次的告白。

她靦腆一笑，溫和的說：「筱菁，謝謝妳替我擔憂，即使被拒絕，我也不會和他斷絕往來。當不了情侶當朋友也很好啊。」

范筱菁盯著她看了許久。最後擺擺手，不想多談。

不過，她答應紀憶年的事她絕對會做到。關於莫陞的病情，她絕口不提，包括在她家人面前，她也絕不會提起這件事。

紀憶年很感謝范筱菁，也承諾會請范筱菁來她家吃頓飯。范筱菁聽到可以到紀憶年家裡用餐，她高興的抱著紀憶年，「哇——好久沒吃到年年煮的飯，好懷念啊！」

以前紀憶年也曾邀請她到家裡作客，原本以為只是簡單的家常菜，但經過紀憶年的巧手烹煮，竟變成一道道美味佳餚。范筱菁每每想起口水都要滴下來了。

紀憶年指著范筱菁的鼻子罵了她一聲貪吃鬼，范筱菁也笑笑應對，並回了句：「對啊，我就是貪吃鬼，妳能拿我怎麼辦呢？」

紀憶年當然拿她沒轍。不過她很慶幸，在自己心情鬱悶時，有范筱菁陪著她，讓她放鬆不少。有她在，真好。

★

告白前一天，也就是中秋連假前天，紀憶年約莫陞隔天晚上八點左右到社區附近的公園碰面。

起初，莫陞因為不知道紀憶年想做什麼，因此不敢輕易答應她。但是當她告訴他，她只是想要跟他分享烤肉後，莫陞評估了狀況，覺得不是什麼大事後便答應了。

莫陞家是不過中秋節的。以往中秋節，莫母都會回老家，莫陞自然就一個人待在家讀書。

聽到莫陞答應她後，紀憶年蹦蹦跳跳地離開了。莫陞一頭霧水地看著她，猜不透她在想什麼，也不懂她為何如此興奮。

待紀憶年走遠，莫陞從口袋內掏出一本小筆記本，小筆記本上插著一支筆，方便隨時記錄。他提筆寫下紀憶年剛才提及的時間，又在旁標註為重要事項。

記錄完後又趕緊將小筆記本塞進口袋。這幾天他的狀況真的只能用糟糕來形容。單字和其他課內知識，他都是用死背才記起，但是忘記的事情卻是越來越多，可能今日聊天的內容，明日就變成從未出現過的句子，甚至是畫面，他一點印象都沒有。

他很珍惜跟紀憶年相處的時光，他知道自己對紀憶年產生感情，但是他卻沒有勇氣告訴她他的心意，因為他不穩定的病情，他不想辜負一個人。

他落寞地走回教室，準備上下一堂課。

紀憶年一放學就直衝商店街。為了以最低預算購買明日中秋烤肉的食材，但便宜的食材很快就會被搶購一空，所以她必須在一下課就衝出校園才有辦法搶到。

一踏入賣場，賣場內已經被擠得水洩不通。肉品區是一級戰區，每個人手裡拎著購物籃，一手抓一盤，隨手丟進購物籃。紀憶年的目標從來都不是昂貴的五花肉、梅花肉，她只專挑最便宜的肉片，反正肉片刷上烤肉醬後，吃起來味道都差不多。

「誒？這不是紀憶年嗎？」

聽到有人呼喚她的名字，紀憶年很自然地轉過頭。

但沒想到呼喚她的竟是魏宇任！

「魏宇任？」紀憶年疑惑的看著他。

「幹嘛？我就不能跟我媽一起來買明天烤肉的食材嗎？不過……妳家都只吃這種便宜肉品哦？都不懂什麼叫美味，真可惜。」魏宇任遺憾地搖搖頭。

紀憶年忍著內心的怒火，她不能每次看到他就想發火，她要忍耐。

於是，她轉身往另一區走去。

「欸，聊個幾句嘛，妳很沒意思耶。」魏宇任也不顧忌身旁還有其他消費者，朝著紀憶年的背影大喊。

紀憶年原本不想理會他的呼喊，直到她聽到身旁的人議論著她與魏宇任的事情，她掙扎片刻，才轉過身，快步走到他面前。

「魏宇任！你真的很煩耶！」紀憶年怒氣沖沖的說。

魏宇任挑起半邊眉毛，嘴角微微揚起，「我是想做點善事……」

「善事？」

在紀憶年尚未回過神時，魏宇任一把奪過她拎著的購物籃。

「欸，你幹嘛？還給我！」紀憶年伸手就要奪回籃子。

可是魏宇任沒有將籃子還給她，反倒將一些價格較高的肉品丟進籃子內。

紀憶年看到他的舉動，籃子又搶不回來，她只好使出狠招。

趁魏宇任不注意，伸手掐了他的腰間一把。

「啊——紀憶年，妳鬆手！」魏宇任尖叫出聲。

「把籃子還我！」紀憶年不甘示弱的說。

圍觀的人越來越多，紀憶年和魏宇任纏鬥許久，最後魏宇任將籃子還給紀憶年，她才鬆手。

「喂，小狼犬，都說我要做善事妳還這樣對我？」魏宇任抱怨道。

紀憶年瞇起眼睛看著他，「不准叫我小狼犬！還有，你把貴的肉品丟進我的籃子，這哪叫做善事啊？」她氣憤的說。

魏宇任卻是一臉不耐煩，「齁，我要幫妳加菜耶，真的很難侍候。」他說完，再次搶過紀憶年手中的籃子。

他在肉品區看了許久，伸手拿過一盤肉品放進籃子內。接著，也沒有將籃子還給紀憶年就拎著籃子往結帳區走去。

紀憶年看到後急忙追上前，「你到底想做什麼？」

魏宇任沒有回話，逕自走到收銀台前，將籃子放了上去。

收銀人員開始刷條碼，紀憶年在一旁不知所措。她身上根本沒帶那麼多錢，原先已經控制好預算，但現在籃子裡多了高價肉品，她可付不起啊！

「一共是五百三十九元。」收銀員平淡的說。

魏宇任在紀憶年的眼前從口袋中掏出皮夾，從皮夾抽出六張一百塊遞給收銀員。

紀憶年瞪大雙眼，不敢相信魏宇任竟然幫她付了錢。

「趕緊將東西放進環保袋內，後面還有人等著結帳呢。」魏宇任一派輕鬆地催促紀憶年。

紀憶年趕緊將食材裝進袋中。

袋子沉沉的，又因為紀憶年肩上仍背著書包，魏宇任一手接過環保袋，幫紀憶年提出賣場。

出賣場後，紀憶年著急的要將環保袋拿回，卻被魏宇任拒絕了，「我幫妳拿回家吧。妳拿不動的。」

「我可以的。」紀憶年好強的說。

不過魏宇任也很堅持，「都說了我要做善事，好人就要當到底。走吧，我跟妳一起回去。」語畢，他邁開步伐從賣場大門前離開。

「喂，那你媽媽怎麼辦？」剛剛他說他是跟媽媽一起來的啊。

「騙妳的啦，我自己一個人。而且我媽也不太管我，在晚餐時間回去就好。」魏宇任語氣隨便的說。

紀憶年很意外，魏宇任家的經濟狀況也不錯，雖然比不上莫陞家。

她一直以為有錢人都會對孩子嚴格，看來，她對其他人真的有很大的誤解。

一路上魏宇任開啟話匣子，但是紀憶年都冷漠地回應他，話題總是在不知不覺間停止。

走著走著，紀憶年的家也到了。魏宇任將環保袋交給紀憶年，紀憶年接過後連忙從錢包內掏出現有的三百塊交給魏宇任。

魏宇任堅持不收下，笑著說：「既然是做善事，當然不能收錢囉。我爸媽如果知道一定會誇獎我的，所以妳就別計較錢的問題了。」

紀憶年仍感到過意不去，「我不能平白無故接受你的好意。」

聞言，魏宇任不禁挑眉，「哦？不然妳想怎麼樣？」

「……不然你給我你的聯絡方式，下次我做餅乾請你吃，然後我們再約出來見面，這樣可行嗎？」

「好啊！小狼犬還會做餅乾啊，吃了會拉肚子嗎？」魏宇任笑著問。

紀憶年的臉色沉了下來，微微動怒的說：「怕拉肚子就別吃啊！」

魏宇任看紀憶年生氣了，他試著安撫她的情緒，「別生氣別生氣。妳也知道我這人不正經，就喜歡開開玩笑話，妳還當真啊？」

紀憶年狠狠瞪他一眼，拎著環保袋就要進入家門。

「誒，我還沒給妳我的電話！」魏宇任大聲的說。

紀憶年只好往回走，神情不悅地站在魏宇任面前。

魏宇任跟她借了一支筆，又突然拉過她的手，低頭在她的掌心寫下一串電話號碼。

寫完後，將筆放在紀憶年手中，就跑掉了。

紀憶年看著掌心的筆跡，無奈一笑，接著，便進入屋內。

第六章：崩壞

一如往常的舉止和景象，卻因為今天是中秋節而有了一點不同。
紀憶年準備完早餐便走到房間叫醒弟弟妹妹。
「憶年，今天放假，怎麼不睡晚一點呢？」紀母從自己的房間走了出來。
「媽，早安。俗話說一日之計在於晨，早起可以做很多事，而且精神也比較好嘛。」紀憶年將紀母的早餐遞給她。
「我的女兒真勤奮。」紀母笑著接過早餐，拉開椅子坐了下來，「今天晚上要烤肉對吧？」
「嗯，材料都備齊了。」紀憶年淡淡的說。
「姐姐早安，媽咪早安。」紀蒔音揉著惺忪的眼睛慢慢走過來。
紀憶年幫她順了順蓬鬆的頭髮，溫柔的說：「小音早安。」
「小音來，媽咪抱一個。」紀母向紀蒔音招招手。
紀蒔音面帶微笑走上前，被紀母緊緊抱在懷裡，臉上洋溢著幸福。
「媽、姐，早安。」紀實麟也從房裡走了出來。
「實麟早安。」紀憶年和紀母異口同聲說道。
一家四口坐在客廳享用早餐。

另一頭，莫陞也起了個大早，一起床還沒吃早餐便翻開英文課本開始預習。

叩叩——

「莫陞，起床了嗎？」莫母的聲音傳了進來。

莫陞從書桌前離開，走到房門前將門開啟，「媽媽早安。」他恭敬的說。

「莫陞，今天晚上媽媽一樣會回老家，你一個人待在家，因為今天是中秋，離開前我會特別烤些肉片給你加料。」莫母一派輕鬆的說。

莫陞點點頭，扯了扯嘴角，露出一個難看的笑容。

莫母又叮嚀他幾句，不外乎是叫他好好讀書，要他待在家別偷懶。

莫陞神情冷靜，只是不時給出簡短的回應。

「那你繼續讀書，十點我再幫你送早餐上來。」莫母說完，關上門，離開了。

莫陞在房門前愣了片刻，才移動腳步回到書桌前。

拉開椅子坐下，他看著眼前的課本發呆。手，用力掐著自己的大腿，因為他穿著長褲，所以看不到長褲下盡是被他掐出來的紅色印記。

他有按時吃藥，現在藥吃完了，但他一直找不到時間回診。

他的狀況時好時壞，一天下來，短暫失憶的情況越來越頻繁。

視線瞥向躺在書桌上的小筆記本，伸手拿過筆記本，將之翻到最新的一頁。上頭寫著今晚要與紀憶年見面，他閉上眼，將時間在腦中默念多次，直到自己完全記住後才將筆記本收進抽屜。

年幼時，他不明白，為什麼大家聽到中秋節放假會那麼興奮？只是多了幾天假，有必要這麼高興嗎？就算是放假，他依然無法奔向戶外，只有埋沒在書堆中，背負莫母的期望而讀書。

漸漸的，他迷失了方向，不知道自己讀書的理由是什麼。他整天關在房間讀書，每一天聆聽母親對他的期望，他也逐漸忘了如何思考。

但，他必須繼續讀書，他不能傷了母親的心……

傍晚，紀憶年將簡陋的烤肉架搬到屋外，弟弟妹妹也將食材從冰箱內取出，跟著拿到屋外架設好的圓桌上放好。

「誒？憶年，怎麼有那麼多肉？而且還有幾盤是比較貴的。」紀母將幾盤肉片從塑膠袋中拿出。

紀憶年也不打算隱瞞，便直說：「昨天去賣場遇到國中同學，就是國一打我巴掌，最後反被我打成重傷的那個男同學。他突然說想做善事，就幫我付食材錢，還多拿了幾盤比較貴的肉品一起結帳。我也不想欠他人情，所以答應下次請他吃餅乾。」

「哎呀，那為什麼不乾脆邀請他今晚一起來吃烤肉呢？」紀母說。

紀憶年難為情地搔搔頭，「人家可能晚上也要烤肉，他們家也是大戶人家，親戚一定很多，我們就別打擾他們家人團聚了。」

紀母覺得紀憶年說得很有道理。叮嚀她要記得答應人家的事後，紀母便趕緊坐下來忙著升火。

紀憶年抬頭望向天空，並沒有注意到紀母在坐下後，眉頭深皺，神情痛苦的模樣。

隨著時間越來越接近八點，紀憶年端著滿滿的肉片，看了看家人，鼓起勇氣，說：「我、我可能要先離開一下。」

三個人同時看向她。

「姐姐妳要去哪裡？」紀蒔音睜著大眼睛，偏頭看著她。

「姐，妳要去哪？我可以陪妳一起。」紀實麟起身走到紀憶年身邊。
紀母也滿臉困惑注視著她。
紀憶年怎麼敢對他們說她要去告白啊！
「我跟筱菁約好在附近碰面，因為她家今年沒辦法烤肉，所以拜託我帶一些東西給她吃。我很快就回來，我會回來幫忙收拾的！」語畢，不等家人接話就跑走了。
她來到附近的公園。手上的烤肉也事先用塑膠膜包覆著，避免沾染上灰塵。她從花叢中找出事先藏好的仙女棒。
拆開包裝，捧著仙女棒坐在鞦韆上等待莫陞出現，只要一看到他就點燃仙女棒，給他一個驚喜。
距離八點只剩下五分鐘，紀憶年的心裡越發緊張。
附近開始放煙火，她仰望著五顏六色的煙花，臉上綻放出燦爛的笑容。
再次低頭看向手錶，指針已指到數字八的位置。八點到了，紀憶年緊盯著公園入口。不知何時她已站起身，手裡拿著仙女棒，只要按下打火機，隨時可以將其點燃。
沒多久，她看到一個匆忙跑來的身影，她認出那是莫陞！在他剛踏入公園時，立即點燃仙女棒，原本昏暗的公園，瞬間被璀璨的光芒照亮。
莫陞走到她面前，驚訝地看著她，眼眸深處難掩喜悅，「仙女棒？」
紀憶年頷首，將手中的仙女棒小心翼翼地遞給他，「這是給你的驚喜。」
莫陞笑著接過燃燒到一半的仙女棒，紀憶年又點燃一支新的。
他持著仙女棒在空中畫圓，接著又陸續畫了許多圖案，直到仙女棒燃燒殆盡，光芒消失後才停了下來。
紀憶年默默關注著他，看到他露出許久未見的笑容，懸著的一顆心也稍稍放下。

「紀憶年，謝謝妳的驚喜。」莫陞朝她莞爾一笑。

看到莫陞的笑容，紀憶年只覺得心跳漏了一拍，撲通撲通劇烈跳動，臉蛋也漸漸泛紅，即使在黑夜中也看得一清二楚。

莫陞看到她的臉蛋染上緋紅，卻不知道那是害羞所引起的。他伸長手在她臉頰旁搧了幾下，「涼快些了嗎？」

紀憶年慌張地點頭，他的舉動不但沒有降低她臉頰的熱度，而是造成反效果，溫度上升啦！

「莫、莫陞，我有話對……」

紀憶年的話尚未說完，便被鞭炮聲打斷。

鞭炮聲之後，不遠處又施放煙花。她被煙花吸引，仰望天空，面上盡是笑容。

但，煙花結束後，她垂下頭，眼神飄向莫陞時，卻看到他雙手抱頭，從嘴裡溢出哀鳴。

「莫陞、莫陞你怎麼了？莫陞！」

紀憶年從口袋中摸出手機，撥打電話呼叫救護車。

她突然有種不好的預感，好像她會就此失去莫陞。

救護車抵達前，紀憶年不斷安撫他的情緒。沒多久，莫陞不再發出哀鳴，身體也不再顫抖。

「莫陞？」紀憶年輕喚他一聲。

但就在她與莫陞對上眼的當下，她在莫陞的眼中看不到自己的身影。

他面無表情地看著她，語氣是紀憶年從沒聽過的冷漠——

「妳是誰？」

★

「妳是誰？」

紀憶年倒抽一口氣，捂著嘴，一臉震驚。

「莫陞……」她伸手想要碰觸他。

但是卻被莫陞伸手拍落，看著她的眼神，就像是看著陌生人。

可，就在下一秒，莫陞突然痛苦地閉上雙眼，一張俊臉糾結在一塊，抱著頭倒臥在地。

「莫陞你到底怎麼了！」紀憶年著急卻又不知所措。

不久，救護車抵達公園。莫陞被送上救護車時，他恢復了意識，在看到紀憶年的表情後，他忍不住道歉，「對不起。」

紀憶年聽到他的道歉，淚水完全止不住，「幹嘛道歉？你又沒做錯事！」

莫陞躺在擔架上，伸長手，以指腹拭去她的淚水，「那妳別哭，好嗎？」

紀憶年用力點頭，粗魯地擦拭眼淚。

「我跟你一起去。」紀憶年以帶著鼻音的腔調說。

莫陞搖了搖頭，「不行，妳家人還在等妳。」

「不！我一定要跟著去！」紀憶年馬上拿出手機，撥打電話給紀母，告訴她，她會晚一點回家，等回去後再向她說明原因。

莫陞無奈地看著她，但是紀憶年心意已決，他阻止不了。

紀母再三提醒紀憶年在外要注意安全，這才掛斷電話。

紀憶年跟著莫陞到醫院，他被迅速送往急診，醫生先確認沒有外傷後，他又被推去吊點滴。

她一直待在莫陞身邊，直到莫母來到醫院。

「莫陞。」莫母緩緩靠近莫陞，在看到紀憶年後，她瞬間皺起眉頭，語氣不佳的說：「同學，是妳幫我們莫陞叫救護車的嗎？」

其實紀憶年挺畏懼莫母的。就是那種不知名的恐懼，或許是因為知道莫母平日對莫陞的緊迫盯人，所以才有這樣的心理反應吧。

「伯母您好，我是紀憶年，是我幫莫陞叫救護車的沒錯。」紀憶年老實的說。

但她忽略了一點，莫母並不知道莫陞會出門。莫母瞇起眼睛，打量著紀憶年，「紀同學，妳可以跟我說說，我們莫陞為什麼會出門呢？我出門前他還在房間讀書，為什麼會跑到外面，而且又遇到妳呢？」

紀憶年猶豫著是否要說出實情，如果說出真相，莫陞的處境會不會更艱難？

「莫陞媽媽，其實我……」

「是我約她在外頭碰面的。」

紀憶年看向躺在病床上的莫陞。她不懂為什麼莫陞為何要說謊，明明是她約他出來的，莫陞卻說是他。

莫母又將紀憶年從頭到腳打量一番，「紀同學，妳的功課如何？」

紀憶年瞥了莫陞一眼，得到莫陞准許的眼神，她才開口，「從國中開始就維持在學年第二名。」

莫母滿意地頷首，對她的態度也和藹許多，「那就只輸給莫陞而已嘛。紀同學，那妳是莫陞的朋友嗎？」

這次紀憶年沒有遲疑，立即點頭，「嗯，我是。」

其實她更希望今日的告白能夠成功，或許她就晉升為「女朋友」了。

莫母看著紀憶年的眼神不再帶有惡意，她甚至友善地拉過她的手，「哎呦，我們莫陞有妳這麼優秀的朋友啊！我們莫陞平常都沒有朋友邀他出門玩，我還以為他沒有朋友呢，幸好有紀同學，這下子我放心了。」

紀憶年牽強地笑了笑，沒有回話。

莫陞不出門的原因不是顯而易見嗎？莫母卻可以笑談此事，她對莫陞難道沒有歉意嗎？想到這裡，紀憶年的身子不禁微微顫抖。

莫陞吊完點滴，莫母便要載他回家。離開前，莫母主動提議要載紀憶年回家。

因為出門太臨時，紀憶年沒有帶錢出門，她向莫母真誠的道謝後，搭著莫母的車一同回去。

她和莫陞坐在後座，車內播放著西洋歌曲，莫母陶醉其中，頭跟著旋律微微搖晃。

「今天謝謝妳。」莫陞小聲地說。

紀憶年偏頭朝莫陞淡淡一笑，「你沒事就好。」

莫陞的嘴角揚起，將手覆蓋在紀憶年的手背上。

紀憶年不敢置信地看著他，臉上一熱，抿著下唇，羞赧地不知如何是好。

「我想，我們不該只是朋友。」

莫陞說的話在紀憶年的腦中迴盪著。

「你、你是什麼意思？」紀憶年懵了，傻傻地看著他。

莫陞看起來也很緊張，疊放在一起的手微微顫抖。

他垂下頭，翻過紀憶年的手掌，在掌心的位置，以食指緩慢畫出一個形狀。

紀憶年的身體抖了一下，她慌張地將手抽回。

莫陞在她的掌心留下的溫度，以及描繪出的形狀，都令她心動不已，覺得心臟都快要跳出來！

她覺得車內的空氣熱得嚇人，四周被莫陞的氣息環繞，感覺自己就快暈倒了。太刺激了啦！

莫母完全沒有發覺後座悄然上升的溫度及曖昧氛圍。

車子開到紀家門口，紀憶年再三向莫母道謝後，莫母才笑著驅車駛離。

看著車子駛進對面的透天厝，她低頭看了右手掌心，臉上又是一熱。

方才，莫陞在她的掌心畫出一個愛心。指腹在掌心挪動的觸感，帶給她一陣搔癢感，想收手也不是，不收也不是，真的很糾結。

不過，從方才車內的互動，讓她明白莫陞的心意。

原來，這不是單戀，他們是兩情相悅。

紀憶年幾乎是跳進家門，笑容滿面地進到客廳，卻在下一刻，原先的喜悅一掃而空，取而代之的是滿臉驚慌。

「媽！」

紀母倒在地上，身旁的紀蒔音哭著搖晃她的身體，但她一點反應也沒有。

紀憶年趕到紀母身邊，試著喚醒紀母，卻沒有得到任何反應。探了紀母的鼻息，確認還有呼吸，但很微弱。

「姐！妳回來了。」

紀實麟滿頭大汗地從房間跑了出來。

「叫救護車了嗎？」紀憶年著急地問。

紀實麟頷首，蹲下身，神情緊張地望著紀母，「剛才我們收拾到一半，媽突然說她的頭很暈，而且身體很沉重，我讓她先進客廳坐著休息，但沒多久就傳出一聲巨響。我跟小音進到客廳，看到媽倒在地上，已經陷入昏迷。」

「姐姐，媽咪會沒事吧？」紀蒔音緊緊抱著紀憶年。

紀憶年用手拍了拍她的背，柔聲說：「會沒事的，媽媽會沒事的。」

她從沒想過一天中會二度坐上救護車，而且被送往醫院的人都是她愛的人。

天色已晚，紀憶年讓紀實麟在家照顧紀蒔音，她跟著去醫院就可以了。

一開始紀蒔音執意要跟去，但在紀實麟的勸說下才斷了念頭。

「姐，媽就交給妳了，妳也別太晚休息。」他不希望紀憶年也跟著累倒。

紀憶年莞爾，輕聲說：「我會的。實麟，你也要注意小音的情緒，家裡有事就馬上打電話給我，我也會隨時報告媽的狀況。」

「嗯。交給我吧。」紀實麟的眼神很堅定。

救護車迅速駛離紀家大門前。紀憶年在救護車上，看著雙眼緊閉，戴著氧氣罩的母親，眼淚撲簌簌的落下，所有的堅強盡被擊碎。

★

經過檢查，紀母是因為過勞才會有暈眩、噁心……等症狀。

因為紀母仍昏迷不醒，醫生便安排她住院，並且進行密切觀察。

當紀憶年聽到醫生說母親過勞的時候，她真的很心疼，當下眼淚又差一點奪眶而出。

不知何時，母親的眼角有著藏不住的皺紋，因為長期工作，皮膚缺乏保養，表面粗糙，甚至龜裂。她輕輕撫摸紀母的掌心，厚厚的一層繭，是長期工作的痕跡。

紀母在一間餐館擔任廚師，雖然薪水不高，但是工時長。而紀母更是為了可以賺更多錢而到處兼差。紀憶年不捨紀母如此奔波，曾提出過打工的事，卻被紀母罵到臭頭。

當時，紀母怒氣沖沖地指責她，年紀輕輕打什麼工，她要紀憶年專心讀書，賺錢養家糊口是大人的工作，輪不到小孩子來做這項苦差事。

紀憶年一直以來都很乖巧，紀母如此反對，她也無話可說。

但這次，她又興起打工的念頭，她不能再坐視不管，不能再讓紀母一人在外辛苦工作賺錢，就算她還是個學生，她相信自己可以兼顧課業以及打工，她不會就此荒廢課業的。

「憶……年。」

紀憶年聽到紀母的聲音，她緊握紀母的雙手，「媽、媽妳醒了！」

紀母施力回握住紀憶年，「憶年，讓妳擔心了，媽沒事。」

紀憶年嘟著嘴，不滿紀母說的話，「媽，醫生說妳過勞耶！一個不注意會出人命的。今天就先在醫院好好休息，我們明天再回家。」

「那怎麼行！我不想占用醫院的病床，我的身體沒什麼大礙，這個位置可以給更需要的人使用，我回家休息就好。」紀母急忙要拉開棉被，離開病床。

紀憶年及時制止她的動作，又將她壓回病床上躺好，「媽，妳別逞強，在醫院住一晚，有護士照看，妳這樣我比較放心。媽，我們就留下來，好嗎？我真的很擔心妳又出事。」

紀母也不禁紅了眼眶，「孩子啊，是媽媽對不起你們。倘若媽媽以前再用功一點，現在就不必讓你們跟著我過苦日子。你們根本沒有錯，應該要活得幸福，都是我拖累你們。」

「媽，妳別這麼說！妳很辛苦，如果沒有妳，我們幾個孩子根本無法正常生活。所以，別再說什麼拖累不拖累了！」紀憶年大聲的說。

紀母是無辜的，她已經為他們三個孩子付出很多，他們怎麼敢責怪紀母呢？

「可是，我沒有給你們一個圓滿的家庭，這一直是我心裡的一塊疙瘩，我真的覺得很抱歉。」紀母像個大孩子一般，哭得一把鼻涕一把眼淚。

紀憶年張開手臂，抱住她，「媽，別再說了，妳很努力了。妳真的很偉大，是全世界最偉大的媽媽啊！」

「憶年，我的寶貝，謝謝妳成為我的女兒，謝謝妳……」

「媽，我真的好愛妳。」

母女倆緊緊擁抱彼此，毫無顧慮地放聲哭泣。

長年下來，莫母總認為是自己拖累了孩子，因為她學歷不高，也沒什麼特殊專長，在找工作時經常碰壁，不然就是從事薪資不高的行業。

她不敢向家裡拿錢，因為當初她跟紀憶年的父親是不顧家人的反對在一起的，現在，她根本沒有勇氣再回老家。

孩子成為她的重心，成為她生活的動力。只是現在，她卻累倒了，她覺得自己真的很沒用，覺得自己是個不合格的母親。可紀憶年卻讚美她為最偉大的母親，她很高興，心裡的陰霾漸漸散出，紀憶年帶給她的溫暖，如同陽光灑落，照亮她的內心。

莫家——

回到家，莫母並沒有讓莫陞立即回房。她把他叫到客廳，自己坐在沙發上，莫陞則站在他的面前，低著頭，不發一語。

「我說你，這陣子怎麼老跑醫院？是習慣坐救護車了嗎？」莫母的口氣兇暴，對莫陞絲毫不留情。

莫陞默默承受母親的怒火，他不吭聲，只是站在原地。

莫母雙手抱胸，雙眼直直瞪著他，「保健食品也給你吃了，怎麼身子還這麼虛弱？還趁我不在偷溜出門，最後又被送到醫院！你書都讀完了嗎？還給我惹出這麼多事情！」

「媽。」莫陞低喚一聲。

他頭痛欲裂，擺在大腿旁的雙手緊緊握成拳，本就不舒服的他，現在更快要被莫母逼瘋了。

「我有說你可以說話嗎？我花錢栽培你真是白費了！莫陞，這幾天你給我待在房間好好反省，別給我動什麼歪腦筋。」莫母情緒激昂，額上沁著汗水，氣息紊亂。

一瞬間，莫陞的理智線如同琴弦一般，硬生生被扯斷。他雙眼充血，表情猙獰地瞪著莫母，「為什麼妳要以愛之名來操縱我的人生！我是我，妳憑什麼干涉我的人生？妳根本不知道我活在這個世界有多痛苦！」

「莫陞！你怎麼變成這副德性？竟學會忤逆媽媽了？」莫母從沙發上站起來，走到莫陞面前，抬手便要賞他一巴掌。

但她並沒有如願，手被莫陞抓住，他惡狠狠地瞪著她，「就算妳是我媽媽，妳也不能任意打我！」

「莫陞？我是你的媽媽，你怎麼可以瞪我？」莫母的氣勢開始衰弱，她以為佯裝可憐的樣子，莫陞就會因為不捨而不再忤逆她。

可，她錯了。

莫陞不再壓抑自己的情緒，憤怒地說：「是，妳是媽媽，那妳有把我當妳的兒子嗎？妳知道我心裡最想要的是什麼嗎？我壓根不想當什麼醫生，我的夢想是老師！我想當老師！」

他恨不得將心裡的苦宣洩而出，讓莫母知道他過得有多麼痛苦。

「我沒對任何人說過我真正的夢想，作文題目，甚至是上台演講只要題目是夢想，我都寫我的夢想是成為一名醫生。現在想想，但那根本就不是我想要的，全都是妳的一廂情願。我背負著如此沉重的期許，又不能輕易說出我的夢想，我甚至覺得我根本就不是人，只是被妳操縱的人偶！」

莫母目瞪口呆，不敢相信此時站在她面前的人竟然是她兒子莫陞，「兒子，你是不是在學校學壞了？早知道就讓你去讀私立學校，私立管得嚴，老師也比較聽家長的話，我看我還是明天就打電話給學校，告訴他們你要辦轉學……」

「妳還要干預我的人生到什麼地步才要罷休！」莫陞朝著莫母怒吼，「這才是我的本性，妳何必大驚小怪？那個順從的莫陞是假的！都是假的！」

他喘著氣，看著莫母越發蒼白的面容，嘴角的笑容藏也藏不住。

★

「妳有想過我承受著多少壓力嗎？」莫陞逼問著莫母。

莫母受了打擊，摀著耳朵不想去聽莫陞的隻字片語。

莫陞仍不消停，他好不容易有這麼一天，他不想就此停下，「看妳對紀憶年挺滿意的，妳從來都只讓我跟成績好的同學當朋友，妳會看好她也是因為她的成績吧。我們倆都是被迫讀書，她，是想靠著成績賺取獎學金，以貼補家用；而我，學年第一，但我讀書只是為了取悅妳、讓妳高興。我一點也不快樂，我真的很痛苦……」

「別說了！莫陞你別說了！」莫母的眼角湧現淚水，她抱著頭蹲了下來。

「妳為什麼不能早一點正視我的內心，為什麼要讓我滿身瘡痍？我為什麼會得失智症？」莫陞喃喃自語道。

莫母猛然抬起頭，「什麼失智症？你怎麼可能會得失智症？」

「對了，最近我的成績下滑了呢，我經常在考試時想不起來單字怎麼拼。有時候一個英文單字抄寫百遍，但下一秒，那個單字就消失在我腦海中。我看過醫生，醫生說我罹患青少年型失智症。」莫陞說得雲淡風輕，好似罹患失智症的人不是他，而是另有其人。

莫母卻像發瘋似的一把抱住莫陞的大腿，焦慮的說：「不會的，我會請最好的醫生把你治好，媽媽不會讓你有事的！」

「呵。」莫陞冷笑一聲，「是妳害我變成這樣！醫生說青少年型失智症治療的方法就是需要我控制好情緒，不要有過多負面情緒，才能有效治療。可，只要妳仍繼續逼迫，我的病情只會不停惡化，到最後，我會連妳是誰都忘得一乾二淨，我還當什麼醫生？」語畢，莫陞不理會跪坐在地抱頭痛哭的莫母，轉身往自己的房間走去。

他累了，真的很累，但體內卻持續湧現出力量。

他覺得今天他可以做到長久下來不敢做的事。

回房後，他拉開抽屜，從抽屜深處摸索出一把美工刀。將刀片抵在自己的左手腕，刀片十分銳利，在燈光的照射下還可以反射出光芒。

一直以來，他都沒有勇氣做出像現在這般的舉動，可如今，他少了畏懼，多了勇氣，他今天一定下得了手。

右手一使力，銳利的刀片劃破皮膚，在手腕留下一道痕跡，有血流了出來。

他感受到痛楚，但這樣的痛是無法讓他解脫的。

更加施力，讓傷口越劃越深，直到越來越多的鮮血湧出，他的意識逐漸模糊。

身子輕飄飄的，猶如飛翔在天空一般。猶如長了一對翅膀，翱翔於天際間，與以往他最羨慕的鳥兒共同飛翔。

閉上眼，腦中最後的畫面是紀憶年。

「紀憶年，對不起。」

對不起，他這麼懦弱才會做出這般傻事。

最後的意識也消逝，他陷入永無止盡的黑暗——

中秋連假第二天，紀憶年是在病房清醒的。身上沒有熟悉的黏膩感，一身清淨，這全多虧醫院的冷氣，不過也讓她有些不習慣。

「憶年，可以幫我倒杯水嗎？」紀母聲音沙啞，手指著一旁矮桌上的水壺。

紀憶年伸展痠痛的身軀，起身走到矮桌旁，倒了一杯水，遞給紀母。

「謝謝。」紀母接過水杯，啜飲一小口，又將水杯還給紀憶年。

「媽，我等等去詢問醫生，若醫生准許妳出院，我待會就去辦出院手續。對了，實麟說他會帶著小音過來，我們一家人離開醫院可以到附近的早午餐店吃點東西再回家。」紀憶年一邊說一邊收拾東西。

紀母不反對，全權交由紀憶年安排。

休息一晚，她精神好多了，腦袋暈眩感也不復存在，只是身體有些痠痛，基本上已無大礙。

紀憶年先簡單收拾東西，接著便前去詢問紀母能否出院。

她來到櫃檯，有兩位護士坐在櫃檯，但她們神情慌張，一直撥打電話。

有一名醫生緩緩走了過來，一名護士看見他，急忙放下電話，激動的說：「院長，昨天夜裡緊急送來的病患他清醒了，但是目前他的主治醫師吳醫生正協助進行手術，可否麻煩您去一趟呢？」護士迫切的問。

院長皺了眉頭，語氣平淡的說：「哪間病房？」

「〇三二〇病房。病人名字是莫陞。」

在一旁等候的紀憶年在聽到護士說出病人名字時，她不禁倒抽一口氣。

昨天不是還跟他一起從醫院離開嗎？他怎麼又出現在醫院？而且護士說昨天晚上，難道他們分開後莫陞又被送到醫院了！

醫生的臉色也沉了下來，神情變得嚴肅，「我這就過去。」語畢，快步走向護士方才報出的病房。

這層樓正好就是三樓，免去搭電梯的時間。紀憶年也跟上前，她想確認那個人是不是莫陞。

但，到了病房前，看到病房外掛著的名牌——莫陞，即使她想欺騙自己也沒用了。

醫生推開病房門，一瞬間，紀憶年看到正坐在病床上，雙眼無神的莫陞。

但是她無法進入，縱使有千言萬語想當面對他說，有再多的疑慮想要問他，她也不能貿然闖入。

病房門關閉，她仍站在病房前，直到手機鈴聲響起，她才急忙從病房前跑開。

來電人是紀實麟，紀憶年按下接聽鍵，將手機挪到耳邊，「喂，實麟，你到醫院了嗎？」

「嗯，媽叫我打電話問妳辦好出院手續了嗎？話說，妳帶的錢夠嗎？我有從家裡帶了錢，妳在哪？我去找妳。」

紀憶年這才想起自己根本沒有帶錢出門的事，「實麟，我剛才在醫院遇到認識的人，我這就過去櫃檯那邊，你去那找我。」

「好，我知道了。」

紀實麟說完後便掛斷電話。

紀憶年將手機握在手裡，調整心情，往櫃檯的方向走去。

來到櫃檯，紀實麟已經站在那等候。

「姐，妳去哪了？」紀實麟問。

紀憶年莞爾一笑，「遇到認識的人，就去確認一下，確認我有沒有看錯。」

紀實麟蹙眉，他覺得紀憶年好像在隱瞞什麼，而且隱瞞的事情跟她提及的「認識的人」有關，「姐，那個人生病了嗎？」

紀憶年愣了一下，苦澀一笑，「是啊，他病了，而且病得很嚴重。」

紀實麟看得出來紀憶年心裡很難受，但是她卻沒有一個發洩的出口，他很想告訴她，他願意聽她訴苦，可還沒開口，紀憶年的臉上又掛上笑容，「我們不是要幫媽辦出院嗎？快點辦一辦我們就去吃早午餐。」

她不再多說，直接向櫃檯人員詢問紀母能否出院的事。

紀實麟若有所思地看著紀憶年，有時候，他真的看不透她內心真正的想法。她一直在壓抑自己的情緒，因為她身為長女，將家裡的許多事都扛在肩上，但他從沒聽過她抱怨。

這次母親病倒，紀實麟知道，紀憶年擅自擔下的事物又增加了。倘若再繼續這樣下去，他深怕有一天，紀憶年也會倒下。

「實麟……實麟！」

紀實麟回過神，看到有隻手在眼前晃了晃。

「你在想什麼呢？我叫你好幾次了呢。」紀憶年打量似的盯著他，「該不會……在想女朋友嗎？」

紀實麟臉上染上緋紅，迅速將臉別向一旁，結巴說道：「我、我才沒有呢！姐，妳別胡說。」

紀憶年的嘴角弧度越發上揚，她戳了戳紀實麟的臉頰，帶笑著說：「實麟啊，如果有也沒關係啊，找機會帶回來給姐姐看看哦。」

「就說我沒有嘛！」紀實麟氣噗噗地逃離紀憶年面前。

紀憶年不自覺笑了出來，「哈哈，我們實麟怎麼這麼可愛啊！」

她也不急著跟上紀實麟，反正目的地相同，等會還會碰面，她有的是機會可以調侃他。

下一秒，她的視線又飄向了不遠處的病房。眼光暗沉許多，她決定明天再走一趟醫院，為了莫陸。

★

四個人一同到醫院附近的早午餐店用餐。因為剛才付了一筆醫療費用，紀憶年也不太敢挑選價格較高的套餐。

她的小心思，莫母怎麼會不知道呢？

「憶年，想吃什麼儘管點，妳點那樣怎麼會飽？」紀母笑著說。

儘管紀母這麼說，紀憶年最終仍點了最便宜的簡餐。

用完餐，四人又到百貨公司逛街，吹吹冷氣。鮮少有機會到百貨公司的紀蒔音，興奮地蹦蹦跳跳。

紀憶年追在她身後，擔心她撞到人，也擔心她受傷。

紀母的身體仍有些虛弱，由紀實麟攙扶著，看到紀蒔音臉上洋溢著喜悅，她也露出慈祥的笑容，「小音、憶年，找個地方坐下來休息吧。」

紀憶年想起紀母的身體狀況，趕緊拉著紀蒔音的手，把她帶回紀母身邊，「媽，妳還好嗎？是我糊塗了，忘了妳現在身體還虛弱。我們去地下街的座位區休息吧。」

紀母微微頷首，由紀實麟攙扶著，四個人搭乘電梯來到地下街。

此時的地下街擠滿前來用餐的客人，想找個位置坐下來難度頗高。

紀實麟先扶著紀母到一旁的單人椅坐下來。

紀母揮了揮手，說：「你們別管我，放心去找位置吧，我不會走丟的。」

紀憶年仍不放心，但此時，紀蒔音自告奮勇地說：「我留下來陪媽咪，這樣媽咪就不會孤單了。」

紀母把紀蒔音拉進懷裡，低下頭，在紀蒔音的額頭輕輕一吻，「謝謝小音。那趁現在的時間，小音跟媽咪分享在學校的事情吧。」

「嗯。媽咪我跟妳說哦，我在學校……」

紀蒔音開始跟紀母分享她在學校的所見所聞。紀憶年和紀實麟對看一眼後，兩人開始行動，尋找座位。

過了大約五分鐘他們終於等到一組用完餐的客人離開。紀憶年急忙坐下來，「實麟，你趕緊去找媽跟小音，不用急著過來沒關係，這裡有我顧著。」

紀實麟點點頭，往紀母跟紀蒔音的所在位置快步走去。

紀憶年在等待的時候，四處張望的雙眼對上一雙帶笑的眼睛，「誒？紀憶年？妳也來逛百貨公司？」

與紀憶年對上眼的人，正是魏宇任。

「我不能逛百貨公司嗎？」紀憶年皺著眉，覺得魏宇任真的很煩。

魏宇任沒有立刻回答她，跟他身旁的男生交頭接耳後，對方先行離去，只留下魏宇任一人站在原地，「紀憶年，妳一個人嗎？」

「不是，我跟家人一起來的。」紀憶年簡略說明後，便止住嘴。

魏宇任感到無趣，拉開紀憶年對面的椅子，在她制止前迅速坐定位，「那我等他們來再離開吧。」

「你無聊哦。」紀憶年不滿的說。

「對啊！所以我們聊聊天吧。妳什麼時候才要給我餅乾啊？我等很久了耶。」魏宇任一臉期待地望著她。

紀憶年總是不知道該如何跟魏宇任相處，而且每次一看到他，就會不經意想起國中的黑歷史，好心情瞬間降到谷底。

「餅乾的事我記得，只是最近家裡出事，何況連假你就不能讓我好好休息嗎？」

魏宇任驚訝的看著她，「紀憶年，妳嘰哩呱啦說了好長一串，都不會大舌頭？」

紀憶年扶額，耐心都被魏宇任磨光了。

「姐姐——」

遠遠的紀憶年就聽到紀蒔音的聲音。

魏宇任也看到緩緩走過來的紀家人。

他連忙起身，對著紀母就是深深一鞠躬，「阿姨好，我是憶年的國中同學，我叫魏宇任。」

紀母盯著魏宇任看了許久，接著，她突然伸出手指，指著魏宇任，一臉激動的說：「我記得你，你是當年被我們憶年打成重傷的同學對吧！」

魏宇任尷尬地笑了笑，「阿姨，妳記憶力不錯耶，才見過一次面就記得我。看來憶年是遺傳到妳的基因比較多齁。」

紀母拉過他的手，緊緊握住，「魏同學，憶年有跟我說，那些烤肉食材都是你付錢的，讓你破費，真的很不好意思。」

「阿姨妳別這樣，其實我一直對國中的事很過意不去，雖然我也被打成重傷住院，但，是我先出手傷害憶年，如果不做點事償還以前的錯誤，我良心不安。」魏宇任嚴肅的說。

紀憶年一聽，差一點笑出來。她努力憋著，臉也呈現奇怪的樣貌。

「姐，妳想笑就笑出來，別憋著，會內傷。」紀實麟一本正經的說。

結果紀憶年真的沒忍住，噗哧一聲，放聲大笑，「哈哈——魏宇任，你這樣我真的很不習慣，明明對我那麼惡劣，對我媽又是另一個態度，你是雙面人啊！」

「憶年，不可以這樣說話！」紀母有些生氣地瞪向紀憶年。

紀憶年急忙閉上嘴，不甘心地獨自碎碎念。

「阿姨，沒關係啦。我知道憶年埋怨我，對我有偏見，我能理解。所以阿姨妳別責備她。」魏宇任一臉「我很懂妳」的表情望著紀憶年。

紀憶年聽他說得一口好話，雞皮疙瘩掉滿地。

紀實麟一直注意著紀憶年臉上的表情，他莫名覺得，紀憶年跟魏宇任的互動自然多了，好像不太隱藏自己內心真正的情緒，比較像是她本來的模樣。

雖然紀憶年排斥跟魏宇任相處，但是紀實麟卻開始欣賞魏宇任。因為他，讓他的姐姐展現出最真實的一面。

魏宇任沒有久待，在離開前，他對紀憶年使了眼色，紀憶年佯裝沒發現，低頭把玩手指。

「憶年，妳也該放下之前的事情了。剛才魏同學不是誠心向妳道歉了嗎？他甚至出錢幫我們買烤肉食材，看光這一點，就沒必要埋怨對方了。」紀母好言相勸，希望紀憶年能夠放下過去，與魏宇任成為朋友。

紀憶年心裡很糾結。她早就原諒他了，只是每次看到他就會想起過去有那麼不堪入目的一面。而且魏宇任擺明就是裝出來的，他可以騙過紀母，但可騙不了她！

「媽，這件事我會處理的。話說，昨天我不是說會告訴妳一件事嗎？這可是妳女兒的大事，妳千萬要仔細聽哦。」

紀憶年為了轉移紀母的焦點，只好犧牲自己，將她與莫陞的事告訴家人。

紀母豎起而朵，等著紀憶年開口。

弟弟妹妹也同樣等著她。

她掙扎許久，才開口道：「我……有喜歡的人了。」

紀母驚訝地摀著嘴巴，眼神難掩喜悅，她差一點激動到從椅子上跳起來，「我們憶年終於有愛慕對象了！」

「媽，妳小聲點。」紀憶年羞恥到想要鑽到地底。老天，在這裡說出口真的太失策了！

紀蒔音則在一旁歡欣鼓舞，拍手拍得響亮，「恭喜姐姐！小音早就想看看姐姐的男朋友了！」

「姐，恭喜妳。」連紀實麟也跟著瞎起鬨。

紀憶年不管三七二十一，趴在桌上裝死。

「憶年，我真替妳感到高興！實麟，妳帶著小音去那邊的超商買冰，我們三個人幫姐姐好好慶祝。」紀母精神激昂，根本沒注意到紀憶年的臉色越來越難看。

身為主角的紀憶年就這樣被忽略在一旁，她後悔說出口了啦！

今日的不悅一掃而空，紀憶年沉浸在與家人同樂的喜悅中，但是莫陞卻面臨此生最尷尬的場面。

第七章：父與母

那一夜，莫陞在鬼門關前走了一遭……

「莫陞，媽媽想跟你談談，我可以進去嗎？」

莫母第一次放下身段，想要討好莫陞。

但是房內一點回應也沒有。莫母以為莫陞還在氣頭上，她便擅自推門而入。沒想到一推開門，映入眼簾的是倒在地上一動也不動的莫陞，然後她看到滿地鮮血以及莫陞左手腕的傷口。

莫母連忙跑到莫陞身邊蹲了下來，「莫陞、莫陞、莫陞，你這讓媽媽怎麼辦啊！」

莫母淒厲的哀號聲響遍整間屋子。她抹去臉上的淚水，一把抓過莫陞擺在桌面的手機，緊急撥打救護車。

撥打電話後，她癱坐在地，抱著已然陷入昏迷的莫陞，眼神無法聚焦，整個人瀕臨崩潰邊緣。

很快地，救護車抵達莫家，醫護人員緊急將莫陞抬上擔架，送上救護車。莫母堅持自己開車前往醫院，因為她此生最畏懼的便是救護車。

一到醫院，莫陞被推進急診室，在抵達醫院時，已經有醫生及護士待命。

莫母趕到醫院後，向櫃台詢問莫陞的所在位置。來到手術室前，她一臉蒼白，癱坐在地。

幾個小時後，手術室外的紅燈才轉為綠燈，也宣告手術的結束。

主治醫師從手術室走了出來。脫去口罩以及手套後，走到莫母面前。

莫母慌慌張張地從地上爬起，「醫生，我兒子……我兒子他現在情況如何？」

「您是莫陞的媽媽嗎？」醫生問。

「對！我是他媽媽！醫生，我兒子現在狀況如何？你快告訴我！」莫母激動地抓住醫生的肩膀。

「您先冷靜下來，病患一度心跳停止，經過搶救後，目前情況已經穩定，您可以放心。」

莫母聽到莫陞沒事後，鬆了口氣，眼前一黑，暈了過去。

莫陞是在冰冷的機械聲中醒了過來。戴著氧氣罩，眼神仍有些迷茫。

感受到左手腕的疼痛，他痛苦地閉上眼，整張臉糾結在一塊。

這時，巡房的護士推門進來，發現他已經清醒，她又匆忙衝出病房。

他試圖坐起身，卻不小心牽扯到傷口，他只好忍著痛，緩緩坐起，背貼在後方的枕頭。

等待醫生時，他的腦中反覆思索著該如何向紀憶年解釋他的狀況。昨天才一起從醫院離開，過沒多久，他人又身處在醫院的病床上。而且第二次，是他做了傻事，倘若紀憶年知情，肯定會痛打他一頓。

「莫陞！」

突然，病房門被用力推開。當莫陞看到進門的醫生，他的瞳孔不自覺放大，一臉驚訝的看著緩緩走向他的醫生。

「爸……爸。」莫陞不敢置信的喚了一聲。

被莫陞喚作爸爸的男人同樣驚訝地看著他，伸出手想要碰觸他，但那隻卻是顫抖的，「孩子，你怎麼會做傻事啊！」

語帶責備，卻藏著滿溢而出的關心。

莫陞沒有開口，只是使勁抬起右手，將手覆蓋在男人的手背。

時隔四年再次見面，莫父忍不住內心的歡喜以及擔憂，淚水奪眶而出，「孩子，是爸爸對不起你，對不起……」

莫陞搖了搖頭，嘴角勾起一絲牽強的笑容。

「莫陞！」

此時，病房門再次被推開。

莫母衝了進來，卻在看到莫父的時候止步不前，「你怎麼會在這裡？」

相對於莫母的反應，莫父顯得淡定，朝莫母莞爾，「好久不見，渟彣。」

莫母一臉厭惡的看著他，嘴上絲毫不留情面，「你怎麼在這？你跟莫陞已經沒有半點關係，你不能見莫陞！」

莫父的神情看起來很受傷，面色黯淡，悠悠的說：「妳一點也沒變呢，跟我離開時一模一樣。」

「我為什麼要變！我根本不需要為誰做出改變！」莫母憤怒的說。

莫父無奈一笑，不再理會莫母，而是開始幫莫陞進行檢查。

「我不是叫你離開病房嗎？你不准碰莫陞！」莫母走到莫父身旁，用力扯下他的手，不讓他碰觸莫陞。

莫父對於莫母一再干擾他診治也開始感到不耐煩，「方渟彣！妳如果不想讓莫陞出事，就不要打擾我看診！」

「你是院長，應該很忙吧。你去忙你的事，去找那個女醫生談情說愛啊！我們莫陞不用你治療，你不需要多管閒事。」莫母也不甘示弱，強勢反擊。

看著父母在自己面前吵架，莫陞心裡很難受，但眼下他也無力制止他們。只能藉由發出哀鳴引起他們的注意。

莫父率先察覺到莫陞的不對勁，他止住嘴，帶著歉意的眼神看向莫陞。

莫母發現莫父的舉動，也想起此時病房中還有莫陞的存在，她快步走到莫陞病床旁，坐在病床邊的椅子，拉過他的手輕輕揉捏，「莫陞，對不起，媽媽吵到你休息了對吧。你要原諒媽，媽不會再要求你了，媽只希望你別再做傻事，別傷害自己的身體，好嗎？」

莫陞的眼眸深處泛著淡淡的哀傷。即使心裡怨恨母親，他也做不到像昨晚那般大聲斥責她的舉動了。

他將手指指向莫父，莫父看到後急忙走過來，「莫陞，你願意讓爸爸幫你檢查嗎？」

莫陞頷首，他內心也很希望能與父親相處。

既然是莫陞的意思，莫母也不能再多說什麼。但是基於她對莫父不好的印象，她實在不能忍受與莫父處在同一個環境，呼吸相同的空氣。

「莫陞，媽媽等你檢查完再來看你。」莫母說完，起身走向門口，「這次是因為莫陞，但是下一次，我不會再讓你和莫陞見面。」語畢，推開病房門，走了出去。

莫父在莫母離開後，才再次開口，「莫陞，等等過程中如果有不舒服的地方一定要說出口，別瞞著我，知道嗎？」

莫陞微微頷首，表情也輕鬆不少。

莫父長嘆一口氣，「唉——你媽媽她還是那樣把你逼那麼緊。剛才她一進門，你的臉色都變了。莫陞，都怪爸爸沒辦法好好保護你，讓你受苦了，爸爸對不起你。」莫父的語氣充滿歉意。

莫陞淺淺一笑，「沒事的。」他的嗓音沙啞，面露疲態，這讓莫父看了更加心疼。

「以前爸爸無法參與你成長的過程，但是現在，爸爸希望可以成為兒子的靠山。莫陞，出院後，搬過來跟爸爸一起生活吧。」

莫陞愣了一下，垂下眼瞼，並沒有立即回覆莫父。

莫父看莫陞猶豫的表情，他意識到自己過於著急，以至於忽略莫陞的感受，「不用急著給我答覆，你慢慢想沒關係。是爸爸沒有顧慮到你的心情，爸爸向你道歉。」

「沒關係……您沒有錯。」莫陞淡淡的說。

當莫父提到一起生活的事，莫陞有一瞬間的心動，差一點就要答應莫父。但是他不捨莫母獨自生活，關於這件事，他真的要想想。

到底什麼生活才是他想要的呢？究竟他該捨棄什麼呢？

他仍需要想想。

檢查仍在進行，莫陞乖順地聽從莫父的指示進行檢查，父子倆睽違多年再次交談，莫陞心裡很是高興。

他希望每一天都如現在這般幸福。

★

莫父替莫陞檢查完畢後，確認他各項指數都正常，術後也沒出現後遺症，這才安排將他的氧氣罩拆下。

在那之後，莫父持續跟莫陞聊天。

「莫陞……你平時都怎麼跟你媽媽互動的呢？」莫父問。

聞言，莫陞苦澀一笑，說：「我們很少互動。我下課後便到補習班上家教，回到家，也是一直讀書、讀書……即使是假日，也是如此……」說到這裡，莫陞有些哽咽。

莫父臉色凝重，他從沒想到莫母是以這種令人窒息的教育方針在教育莫陞。

「莫陞，你有試著跟你媽媽談談嗎？」

莫陞頷首，「說了，但是她仍是以她認為對的方式對待我、逼迫我，那時候我好像已經有失智症的前兆，會經常忘記東西，情緒焦慮，整個人渾身不對勁，但是她還是逼我以醫學系為目標。」他的語氣百般無奈，但對方是自己的母親，他狠不下心拒絕母親。

莫父愧疚地說：「是爸爸沒辦法改變你媽媽的想法，是爸爸的錯。」

莫陞搖搖頭，「爸爸，我相信您已經盡力了。媽媽的個性你我皆知，她多疑甚至自私，她天生帶著驕氣，所以您無法繼續與她生活下去我也能體諒。」

「不，莫陞，我並沒有那麼想過。」莫父急忙澄清，「當年，我確實會因為你媽媽的脾氣跟她吵架，甚至興起不想回家的念頭。但我從沒與其他女人談過戀愛，你媽媽是我的初戀，我此生也只有她這個女人。我不明白你媽媽為什麼會認為我出軌，我是因為氣不過她，覺得不被她信任才會提出離婚的。但，離婚後，我還是一個人，沒有再婚。」

莫陞看得出來，莫父並沒有說謊，句句屬實。

「您有向媽媽解釋嗎？解釋了或許你們就不會離婚……」

「解釋？怎麼會沒有。我不知道向她解釋多少次，告訴她我跟那名女醫生沒有在一起，我們只是那陣子有共通的話題，加上我們的專長相同，所以比較有話聊。可是你媽媽一個字也聽不進去，單方面認為我出軌、背叛她……或許這場婚姻註定無法有個好結局。」莫父感嘆道。

聞言，莫陞這才明白父親真的是被冤枉的，是母親誤會了他，「爸爸，如果由我向媽媽解釋，你們有復合的機會嗎？您還愛著媽媽對吧？」

莫父惆悵地嘆口氣，「如果愛就能夠扭轉過去，那我跟渟彣就不會離婚了。」

孩子有孩子的苦，那大人又何嘗不是如此呢？

莫陞在今日深切感受到大人世界的複雜。即使愛再深，卻也容易因為一點小誤會而破滅。不過，他卻對他和紀憶年的未來有了一絲期待。他跟紀憶年好像有機會在一起，他們好像是彼此喜歡的。

「莫陞，倘若你有了喜歡的女孩，爸爸希望你能夠勇敢表達自己的想法。你現在的病情如果能夠控制住的話，對日常生活基本上是不會有任何影響的。但重點是在你日後成年，結婚生子後，失智症發作的機率極高，你從來都不知道什麼時候你心愛之人的身影會從你腦中消失，所以，珍惜現在，把握當下，是你現在最要緊的事。」

莫父頓了一下，接著說：「你的功課爸爸從不擔心，你一定能夠考上心目中理想科系。高中階段，如果不活得青春洋溢，日後必定會感到遺憾。」

莫陞將莫父的話謹記在心。即使忘記了課業方面的知識，他也絕不會忘記今日與父親的對話。

此時，莫母回到病房，神經兮兮地看著莫陞和莫父，「既然檢查結束了，我可以進來了吧。」

莫父輕描淡寫地說：「我有些話想對妳說，我們可以談談嗎？」

莫母原先想要拒絕的，但是她也不知道自己怎麼搞的，竟然答應了莫父的提議。

莫父讓莫陞好好休息，現在他最需要的就是多休息。

待莫陞睡著後，莫父與莫母來到醫院附近的一間咖啡廳，採包廂制，是許多上班族談天說地的好去處。

店員帶領他們進入包廂，包廂內有一張木質圓桌，兩排沙發座椅，橘黃色的燈光，撥放著悠閒的古典樂曲，整體環境舒適，也難怪會成為這附近的人氣店。

莫父點了一杯美式咖啡，莫母則點了抹茶拿鐵。

店員離開後，莫父端坐在沙發，表情淡然地看著莫母。

「有話要說就趕緊說吧。」相對於莫父淡然的態度，莫母顯得緊張。

「淳彣，我畢竟是莫陞的父親，這是不變的事實，所以淳彣，我想請妳耐住性子，耐心聽我說，好嗎？」面對莫母，莫父總是想盡辦法討好她，將他身為男人的自尊拋在腦後。

莫母依然擺著一張臭臉，但至少她沒有反對莫父說的話，「只有今天。往後相見，我們仍是陌生人，這一點請你記得，莫院長。」

莫父苦澀一笑，無奈的說：「淳彣，有必要對我這麼殘忍嗎？」

「廢話少說！我只跟你談莫陞的事，其餘免談！」莫母很堅持自己的立場。今日她會坐在咖啡廳純粹是為了莫陞。

「好吧。」莫父沉痛的說，「妳知道莫陞失智症的事吧。有關於青少年型失智症，因為目前全世界發生的案例實在少見，主要發生原因是因為頸椎錯位或是先天性心臟疾病。莫陞的情況屬於後者，但是先天性心臟疾病又不全然是導致莫陞罹患失智症的原因。」

「不然是因為什麼？」莫母著急的問。

「是因為妳。」莫父說。

聞言，莫母不禁蹙眉，不解的問，「為什麼跟我有關？你總不能說是我遺傳給他的吧。」

「妳對他管教的方式，使他承受莫大的壓力。長年處在高壓環境，會對身心靈造成極大的傷害。據我推測，莫陞應該也有輕微憂慮症的狀況。因為妳長期逼迫他，他才會變成今天這副模樣。」莫父語帶譴責，他真的心疼莫陞，也很不滿莫母的做法。

莫母因為莫父的譴責覺得自尊心受創，她氣急敗壞的從沙發上站了起來，「怎麼可以全怪我！我所做的一切都是為了讓莫陞有好的未來，我不相信是因為我的愛才讓莫陞變成這樣。」

「事實就是如此，就算妳不承認，但這就是事實。」莫父平淡的說，「淳彣，如果妳想要莫陞好好活著，妳就不能再逼他了。」

「怎麼會是我逼他？他現在成功，都是我的功勞。」莫母直到現在仍不願承認她的錯誤，她依然認為，是她讓莫陞可以持續維持在學年第一，是她讓莫陞有現在的成績，她絕對不承認自己毀了莫陞的前途。

莫父顯然也很為難，但是有些時候必須把話說開，才有辦法拯救另一人，而他，現在就要拯救他兒子的未來。

「渟芝，放下身段跟莫陞好好談談吧。妳是他的母親，妳有權決定如何教育兒子，但妳要知道，兒子病了，倘若繼續照著以前的學習模式，不用多久，莫陞就會忘了我……還有妳。」莫父說出沉痛的事實。

莫陞的病情繼續惡化，他會忘卻一切，莫母也不例外。

他希望莫母明白，事態已經到了無法挽回的地步。走錯一步便是落入名為「失智症」的深淵。唯有改變現況，才有機會挽回逐漸惡化的病情。

莫母陷入沉默，想必莫父所言她都聽進心裡，卻因為面子，因為她自身的傲氣，以及從小家庭帶給她的觀念——不輕易向任何人低頭。以至於現在，她的內心糾結，不知如何是好。

「渟芝，適時放手很重要。莫陞已經是高中生，即將步入十八歲。他依然是我們的寶貝，但他已經不小了，已經到了可以自己作主的年紀。」莫父好言相勸，他自己心裡也很難受，因為他錯過莫陞成長期長達四年的時間，如果這四年間，他一直都有陪在他身旁，或許情況就有所不同了吧。

莫母陷入長久的沉默，她需要時間整理思緒，她更需要勇氣承認自己的錯誤。有時候，傷害人很容易，但道歉卻需要足夠的勇氣才有辦法說出口。對莫母來說更是如此。

莫父因為接到醫院打來的電話，便急忙回醫院。莫母遲遲沒有表示自己的決定，但莫父知道，莫母開始正視莫陞的內心了。

「要一起回醫院嗎？」莫父挑眉看著莫母。

莫母搖了搖頭，平淡的說：「我再坐一會兒。你有事要忙，就走吧。」

莫父頷首，推開包廂的門走了出去。離開咖啡廳前，他把兩個人的帳都結清，想了想，又點了一塊蛋糕，讓店員送進包廂，之後便離開了。

莫母獨自一人在包廂內，她拿起咖啡杯，輕抿一口。

這時，有人敲門，一名店員端著小盤子進到包廂，「這是剛才離開的那位先生點的。」店員輕輕放下盤子後便離去。

莫母看著面前的蛋糕發呆，這是她最喜歡的核桃磅蛋糕，她沒料想到莫父把她喜歡的口味記得如此清楚。看著緩緩關上的包廂門，心情有些複雜。

「他怎麼這麼討厭啊。」莫母喃喃自語道。舉起小叉子，切下一小塊蛋糕，放進嘴中。濃郁的核桃香，蛋糕軟硬度恰到好處，莫母享受地閉上雙眼，嘴角緩緩勾起。

★

翌日，莫父為莫陞檢查時，紀憶年來了。

她敲了敲病房門，前來應門的人是莫父。

紀憶年一見到他，急忙表明身分，「您好，我是紀憶年，是莫陞的同學，請問我可以看看莫陞嗎？」

莫父挑眉，很訝異能夠看到女孩子來看莫陞，「可以，請進吧。」

之後紀父先離開病房，給兩人獨處的時間。

紀憶年緩緩走向病床，和一臉震驚的莫陞對上眼。

「紀、紀憶年，妳怎麼知道我在醫院？」莫陞緊張的問。

紀憶年的視線飄到莫陞的手臂上，她的眼淚不爭氣的落下，讓莫陞更加手足無措，「妳說話啊！一直哭，我怎麼知道該如何跟妳解釋？」

「你為什麼又進醫院了？症狀惡化嗎？要不然我們明明才分開沒多久，為什麼你卻再次出現在醫院！」

莫陞無奈地搔搔頭，在腦中構思如何向她解釋，「妳先別生氣，我會跟妳解釋的。」

「不准隱瞞我，給我說實話！」紀憶年氣憤的說。

莫陞自知隱瞞不了紀憶年，也怕影響他們倆的發展，於是，他鼓起勇氣，說出自己做出的蠢事，「我割腕自殺了。」

紀憶年張大嘴巴，遲遲沒有說出半句話。

「你、你割腕自殺！」

「嗯。」莫陞緊張兮兮地盯著紀憶年。

紀憶年突然低下頭，雙手緊握成拳，讓莫陞一度以為紀憶年因為憤怒而要毆打他。

看著逐漸靠近的紀憶年，莫陞嚥了一口口水，手已經不自覺舉起，準備抵擋紀憶年的攻勢。

但，他卻沒有感受到半點疼痛，反倒落入一個溫暖的懷抱。

「你為什麼要這麼做！如果沒有救回來，你現在就不會見到我，就不會和我交談了。你怎麼這麼傻！怎麼這麼自私！」紀憶年緊緊抱著莫陞，透過擁抱，感受他的體溫、鼻息，以及他身上特有的味道。

莫陞也被紀憶年的情緒所影響，他感到一陣鼻酸，眼眶泛淚，用力回抱住她，「對不起，但我當時真的太痛苦了，我覺得即使我活下去也只能感到到痛苦，所以我選擇最極端的手段，我認為自殺就可以獲得解脫，但是我卻忘了那些愛我的人會有多難過。憶年，我真的很抱歉……」

紀憶年輕輕拍打莫陞的背，「既然你平安無事了那就好。即使活得再痛苦，也不該拿自己的性命開玩笑。莫陞，活著比什麼都重要！」

莫陞含著淚，點了點頭。

兩人相擁而泣，此時，兩人心中所有的負擔都被退去。

他們只是兩個仍在成長的孩子，僅此罷了。

紀憶年待在莫陞的病房，傾聽莫陞講述前一晚的情況。紀憶年聽完後，既生氣又心疼。

眼看時間差不多了，莫陞算準莫母差不多要到病房，便催促紀憶年趕緊離開。

紀憶年不知道莫陞趕她走的原因，所以她有些不高興，「莫陞，你不喜歡跟我相處嗎？你現在在趕我走嗎？」

「是有原因的啦，妳別胡思亂想。」莫陞勾起淡淡的笑容，讓紀憶年整個人頭皮發麻，臉蛋瞬間泛紅。

「我、我才沒胡思亂想呢，你誣陷我。」

莫陞覺得不願意承認自己想法的紀憶年真是可愛極了，「憶年，妳真的很可愛。」

被說中心聲的紀憶年，臉色越發紅潤。她抿著下唇，哀怨地看著莫陞，「莫陞，你真的很討厭！」

莫陞一聽，不禁大笑，「哈哈——憶年，我知道妳並不討厭我，相反的，妳很喜歡我。」

「誰喜歡你啊！少臭美了。」嘴上這麼說，實則她內心早已亂成一片。

「怎麼辦、怎麼辦！他怎麼突然這樣啊！」紀憶年在心底放聲尖叫。

莫陞看紀憶年面露奇怪的表情，就知道她一定又在上演內心小劇場。如此一來，讓他又想使壞了，「紀憶年，我喜歡妳。」

「咦？」紀憶年僵住了。

眼看紀憶年整個人呆住了，莫陞無奈之下，只好從病床上離開，站在地面，伸手將她拉進懷裡。嘴巴湊到她的耳邊，低語：「我說我喜歡妳。我們交往吧。」

紀憶年沉醉於莫陞沙啞卻又迷人的嗓音，「我可以考慮嗎？」

「沒有考慮的空間。」語畢，莫陞將臉移動到紀憶年面前，兩個人面對面，注視著彼此。

紀憶年嚥了口唾沫，緊張的神情一覽無遺。

「妳在緊張嗎？」莫陞輕聲問道。

紀憶年微微頷首，嬌羞地垂下頭。莫陞的視線太過火熱，他幽深、充斥著慾望的眼眸，紀憶年不敢直視。

「憶年，閉上眼睛。」

紀憶年真的閉上雙眼。

在她尚未回過神時，下巴被微微抬起，她急忙要睜開眼睛，但唇上卻熱熱的，有東西覆在上面。

她不敢置信地瞪大雙眼，莫陞的臉龐在她眼前無限放大，兩人之間根本沒有距離可言。

意識到莫陞正吻著自己，紀憶年害羞到差一點暈過去。

而她的初吻在今天被奪走了。

★

紀憶年全身僵硬，任由莫陞吻著她，但是她根本不知道下一步該怎麼做。初嘗戀愛滋味的她，就是個愛情菜鳥。平時也沒接觸到有關性方面的書籍、知識之類的，總而言之，接吻這種事情她不會啊！

「紀憶年，記得呼吸。」莫陞稍微離開，手指在紀憶年的鼻頭輕輕一點。

紀憶年臉上一熱，舉起手用力推開莫陞，「我、我先離開了。再見！」紀憶年絲毫不給他半點解釋的機會，一溜煙衝出病房，消失在莫陞的視線內。

莫陞先是一愣，抬起手，放在自己的嘴唇上，「原來這就是接吻。感覺還不錯。」他嘴角的幅度越發上揚，露出燦爛的笑容。

「莫陞？」

他聽到呼喚聲，偏頭看向門口。

莫母站在門外，困惑地看著他，「你怎麼笑得那麼開心？發生什麼事嗎？」莫母問。

莫陞瞬間收起笑容，緩緩回到病床上，佯裝若無其事的模樣。

莫母沒有多問，逕自走到病床邊，坐了下來，「莫陞，媽媽錯了嗎？」

「妳怎麼會這麼問？」莫陞皺眉。

「昨天跟你爸爸談過，他說，你會生病都是我害的。那天夜裡你對我說的話，我都記得，再加上他對我說的一切，我的心裡越來越愧疚，但是，我不認為我做錯什麼啊！」莫母停了下來，望著莫陞，「莫陞，你老實告訴我，我真的做錯了嗎？」

莫陞語塞，頓時間他只感覺到懊悔。他害怕的事情發生了，他就是不忍心看到莫母自責，他的確想讓莫母知道自己對他的教育方式到底引發了什麼樣的後果，但此時莫母這麼一問，就好像是他逼著母親向他懺悔一般。

「媽媽，我知道妳做的一切都出自於好意。可對我而言，肩負沉重的期許，我很有壓力。媽媽，我的病情每一天都在惡化，惡化的速度之快，讓我恐懼不已。之前，我看著紀憶年，卻想不起她的名字。媽媽，我有自己的夢想，妳能不能尊重我的夢想？」

「你的夢想是老師嗎？」莫母問。

一想到他的夢想，莫陞的臉上泛起笑容，「我想要成為一名受到學生愛戴的老師。」

莫母的臉色沉了下來，「可是老師的社會地位比醫生低。莫陞，你到底為什麼想當老師？」

莫陞聽莫母把老師這個行業批評得一文不值，他也明白母親的想法，但仰慕的行業被拿出來比較，心裡還是有些不滿，「醫生這個職業確實是高薪，高社會地位的工作，但是醫生需要負擔的社會責任也很沉重。何況，請妳仔細思考，醫生也是人，也是經由受教育最後出了社會而成為醫生的，可見教職人員有多麼偉大，栽培無數英才，老師不是很值得人們尊敬嗎？」

莫母沉默不語，莫陞則開口繼續說下去，「妳還記得有一位被妳趕走的男老師嗎？他就是我想要成為老師的起點。無論是他的教學方式，或是他對待我的態度，都讓我感到舒服，與他相處沒有任何壓力。他總是在我情緒低落時安慰我，並向我分享勵志的小故事，但是妳卻將他趕走了。」

「你在怪我嗎？還不是因為他干涉我對你的管教，他踰矩了，我當然不能留他！」莫母激動的反駁。

莫陞一臉無奈的看著莫母，平淡的說：「那段時間是我最歡樂的時光。我真的很尊敬那位老師，我想要像他一樣，除了帶給學生知識，也可以安撫學生的心靈，帶給學生安定感。媽，我只是希望妳能夠聽聽我的想法，讓我有更多做主的空間，可以嗎？」

「可是，媽媽從以前到現在做的一切，都是為了讓你能夠考上醫學系，你現在這麼對我說，不就是否定過去的我嗎？」莫母仍執迷不悟。

莫陞知道莫母還需要時間思考，說了那麼多他也累了，「媽媽，我想休息，妳可以先離開嗎？」

莫母瞪大雙眼，她不敢相信莫陞竟對她下驅逐令。她瞠目結舌，猶豫片刻，才開口，「那媽媽明天幫你帶點作業過來，該補上的進度還是要補的。」

「嗯，謝謝。」莫陞冷漠回話。

莫母的心揪了一下，她轉身就走，沒有再回頭看莫陞一眼，頭也不回地離開病房。在病房門關上時，隔出兩個世界……

回到家的紀憶年，一進門馬上被家人團團包圍。

「姐姐，妳不是去找筱菁姐姐嗎？怎麼去這麼久？」紀蒔音好奇的問。

「姐，妳的臉怎麼那麼紅？被太陽曬傷了嗎？」紀實麟的眼睛緊盯著紀憶年的臉龐。

紀憶年心裡一慌，拍了拍自己的臉頰，之後，裝作沒事一般，面帶微笑地說：「今天大太陽，應該是被曬傷了。都怪筱菁啦，她堅持要到戶外散步才會變成這樣。」

雖然很對不起范筱菁，但是她也不好意思說她跑去醫院見喜歡的人啊！

她甚至在今天有了接吻初體驗，這說出來還不羞死她！

「憶年，媽媽想跟妳談談。」紀母走了過來，和藹地說。

紀憶年沒有多想，直接回答，「嗯，去媽房間吧。」

紀母微微頷首，先行回到房間。紀憶年將身上的背包拿進房裡，之後便走到紀母的房間外，先敲敲門再走進去。

她很自然地坐在床緣，臉上的表情很輕鬆，看來心情不錯。

「憶年，妳跑去醫院對吧。」紀母此話並非疑問句，而是肯定句。她確定紀憶年今天並沒有跟范筱菁見面，而是跑去醫院。

紀憶年很訝異，「媽怎麼會知道？」

紀母淡淡一笑，「我是妳媽媽，妳在想什麼我都知道。況且，昨天實麟告訴我妳在醫院遇到認識的人，所以我就猜妳是去醫院見他。」

聞言，紀憶年佩服地幫紀母拍手，「哇！媽，妳的推理能力那麼出色，可以媲美柯南了。」隨後，紀憶年尷尬地搔了搔頭，整個人也變得有些畏縮，「我今天確實到醫院探視一位朋友。」

「是誰住院了？」紀母緊張地問。

紀憶年其實想隨便找個人頂替，好讓這件事趕緊解決。但她細想，她的朋友也就只有范筱菁跟應該稱得上是朋友的余苡欣啊！

重點是，紀母並不知道余苡欣是誰，那她更不可能把她搬出來當擋箭牌。紀憶年真後悔沒有多結識一些朋友。情急之下，她也只能實話實說，「我是去見昨天我說的那個人啦。」

「誰？」紀母還是不知道紀憶年說的是誰。

紀憶年深吸一口氣，一字一句鏗鏘有力，「喜歡的人。」

紀母眼睛一亮，激動的伸手搭在紀憶年肩上，「妳喜歡的男生！他怎麼了呢？狀況還好嗎？」

紀憶年原以為紀母會因為她溜出去見莫陞而生氣，但依現況，莫母應該不是生氣，而是過於亢奮吧。

「媽，妳冷靜下來聽我說。妳先讓我整理思緒，我想想該怎麼跟妳說。」紀憶年不疾不徐地說。

紀母將手從她身上拿開，一臉期待地看著她。

紀憶年冒出一身冷汗，她從沒在紀母面前這麼緊張啊！

★

「其實我喜歡的人是我的競爭對手莫陞。中秋那天晚上我原本是要拿肉片去給他，因為他家不烤肉，所以我想說可以分他一點。但……那天他發病了。莫陞他罹患了青少年型失智症，而那天他突然發病，忘了我是誰，然後又在我面前昏倒，我不放心他一個人去醫院，就跟他一起去。」

「然後呢？」

紀憶年吞了口唾液，先讓情緒穩定後，接著開口，「當晚他掛完點滴，他的母親好意開車載我回家，但我一回到家就發現妳出事了，又跟著妳到醫院去。沒想到隔天，我偶然聽見護士討論到他，他那一晚因為割腕自殺被緊急送往醫院。我確認過了，真的是他，所以我就想說今天再去探視他，順便詢問他那晚的情況。」紀憶年一想起莫陞自殺的事，她整個人就變得無精打采。

紀母輕拍她的肩膀，感慨地說：「每個人的身上或多或少肩負著我們難以察覺得壓力。就算再痛苦，也不該以最極端的方式傷害自己。」

「對啊，我狠狠罵他一頓，罵他為什麼不顧及愛他的人，為什麼在自殺前沒有想到後果。明明平常跟考試有關的他都很聰明，但是為什麼在面對自己時，他卻傻到選擇最壞的一條路。」紀憶年憤慨的說。

雖然嘴上是在責備莫陞，但紀母聽得出來，紀憶年有多麼關心他、喜歡他，所以她才會如此生氣。

「憶年，妳有想過可以怎麼幫助他嗎？妳可以拯救他的心嗎？」紀母正經的看著她。

被紀母一問，紀憶年瞠目結舌，一時間說不出話，「……我、我也不知道該怎麼做。」她小聲的說。

紀母的問題，她真沒深入思考過如何幫助莫陞。她受到莫陞許多幫助，但她好像，從沒對他做些什麼，這讓她很過意不去。

紀母看紀憶年愁眉苦臉的模樣，淺淺一笑，將她擁入懷裡，「不用愧疚，只要妳想做，何時都不嫌晚。憶年，我們不是偉大的救世主，但我們卻可以以微薄之力幫助他人。陪伴、傾聽，或許是他目前最需要的。」

紀憶年將紀母的話記下，她決定聽從紀母的建議，幫助莫陞從痛苦中走出。或許需要一段很長的時間，但她會陪在他身邊，陪他度過最艱困的時光。

「憶年，下次帶莫陞來家裡坐坐吧。」紀母笑著說，說完還對紀憶年眨眨眼睛。

紀憶年害羞的別過臉，敷衍的說：「我考慮一下。」

紀母失笑，抱著紀憶年，不停大笑，「哈哈——我女兒真可愛！」

紀憶年嘟著嘴，不甘心的說：「媽，我就不相信妳當初談戀愛不會經常臉紅心跳加速。」

紀母一愣，臉上露出釋懷的笑容，「是啊，誰沒有青澀過呢？」

每個人都有青春時期，在那青春洋溢的年代，又有誰不曾為誰心動過呢？

紀憶年依偎在紀母懷裡，與莫陞結實的胸膛不同，在紀母懷裡，紀憶年感覺自己擁有全世界。有母親替她遮風擋雨，有母親替她撐腰。她的母親給予她自由，讓她為自己的人生做主，可以盡情狂歡，可以談情說愛。

「媽，我愛妳。」紀憶年笑著說。

紀母在她的臉頰上輕輕一吻，「我也愛妳。」

父親沒有在身旁也無所謂，因為她有母親，有她最愛、最偉大的母親。

中秋連假結束，緊接而來的運動會讓全校學生皆呈現熱血沸騰的狀態，每班無不利用體育課時間加緊練習。

這一天，紀憶年班上正好有體育課。體育老師讓同學利用一點時間討論棒次以及參賽的選手。

班上同學因為不知道莫陞的身體狀況，體育股長也將莫陞排入名單內。這讓紀憶年有些擔心。但是今天莫陞尚未到校，她也不能自作主張替他做決定。

莫陞下午才進到教室。當時是下課時間，原本在與范筱菁討論連假做了些什麼活動的紀憶年，眼角餘光瞄到莫陞，她馬上拋下范筱菁跑去找莫陞。

范筱菁原先想要動怒的，但看到紀憶年臉上洋溢著幸福，她壓下怒氣，將頭轉向另一旁，與另一旁的同學聊天。

紀憶年悄悄來到莫陞身後，等到莫陞掛好書包，坐下後才伸手輕觸他的肩膀，「莫陞。」她輕喚一聲。

莫陞回過頭，看到紀憶年後，嘴角微微上揚，「憶年。」

「嗯。」紀憶年發出輕微的鼻音，她有點不敢直視莫陞的眼睛，這會讓她想起醫院的那個吻。

莫陞注意到紀憶年耳根子泛著微紅，他輕笑一聲，低語道：「想起那個吻嗎？」

紀憶年咬著下唇，埋怨地看著他，「莫陞……」

莫陞不以為然，他很滿意紀憶年的反應。

「你的身體還好嗎？有跟你媽媽談過了？」紀憶年急忙轉移話題，神情嚴肅。

莫陞收拾起笑容，臉色沉了下來，「談過了，但即使她看到我躺在醫院，她還是堅持自己的想法，覺得自己沒做錯任何事。」

紀憶年癟著嘴，一臉心煩，「你媽媽還是想讓你當醫生啊？」

「嗯。不過我有告訴她我真正的夢想是成為一名受到學生愛戴的老師。她希望我賺大錢，擁有高社會地位。但我認為老師對社會的貢獻不亞於醫生。」這是他第一次在紀憶年面前說起他的夢想。

紀憶年感到很意外，「看不出來你想當老師耶！」

莫陞害臊的別過臉，以微小的聲音回應她，「因為我一直以來都是以醫學系為目標，會看不出來很正常。我不擅長與人談心，何況，這也沒什麼。」

「怎麼會！」紀憶年激動的說，「有夢最美，夢想就是要說出口，憋在心裡一個人默默耕耘太辛苦了。」

這時上課鐘聲響起，談話被打斷，紀憶年只好依依不捨地回到位置。

她一回到座位，范筱菁趁老師尚未抵達教室前，靠近她，手搭在她的肩膀，笑著說：「年年，你們倆修成正果啦。」

紀憶年差一點被口水嗆到，她表情糾結的看著范筱菁，「妳可以不要在這個時間點談這個話題嗎？」

范筱菁狐疑的看著她，「我就八卦嘛。妳不知道全班誰跟誰是班對，隔壁班的誰交了男女朋友我都知道嗎？妳的身上散發濃郁幸福氣息，唯有墜入愛河的人特有的氣息。年年，你們倆一定在一起了，對吧！」

紀憶年翻了一個大白眼送給范筱菁，「真的是八卦王。筱菁，給妳個建議，別整天打聽八卦，多讀點書還比較實在。」

范筱菁皺眉，偏頭看著她，「對我來說讀書報酬率太低了啦！我當真不適合讀書，八卦有趣多了。」

紀憶年雖然覺得范筱菁打聽別人的戀情很無趣、幼稚，但是她又覺得范筱菁很厲害。打聽消息需要人脈，若無人脈，以及對方對她的信任，她絕對沒辦法蒐集到這麼多資訊。

紀憶年真希望她能將這份執著套用在學習上。這樣范父也能省心了。

「上課了，趕緊回位子坐好。」

聽到老師的聲音，范筱菁也趕緊調整坐姿，從抽屜抽出課本，隨便翻開一頁，擺在桌上做做樣子。

紀憶年的課本老早就擺在桌面，作筆記的各色原子筆、螢光筆也準備就緒。她的視線飄向莫陞，看到他安然無恙出現在她面前，她心滿意足。

眼下就先專注在課堂上吧。

第八章：情敵出現

紀憶年覺得命運這種東西真的很神奇。她跟莫陞之間的緣分，十年同學，現在又變成戀人。不過，命運有時也很會捉弄人。

像現在，紀憶年定睛注視講台上的人。她一臉蒼白地看著他。

「各位同學，今天班上來了一名轉學生，新同學的家就住在這附近，想必有一些同學以前就跟他當過同學了。」班導讓出講台正中央的位置，「簡單介紹自己吧。」

轉學生環視一圈教室內的同學，面帶笑容，以宏亮的嗓音說道：「大家好，我是魏宇任。因為家裡因素轉學到這裡，在場有一些老朋友，很高興再次與你們成為同學，希望之後的日子我們可以共創特別的回憶。」

語畢，班上同學以熱烈的掌聲歡迎他。唯獨紀憶年，把身體縮到最小，降低自己的存在感。

「喔，范筱菁耶！莫陞也在這一班啊！」魏宇任在講台上熱情地向他們打招呼。

范筱菁敷衍的揮了幾下，將手放下後，用眼角餘光偷瞄紀憶年的舉動，想看她會有什麼反應。

魏宇任在講台上掃視好幾回，都沒有看到他想尋找的身影。在心底嘆口氣，心情有些落寞。

「剩莫陞後方有位子，魏宇任，你就先坐那裡吧，過陣子就會換新座位。」班導手指指向莫陞後方的空位。

「沒關係，我坐哪都行。」魏宇任若無其事的說。他拎著背包，一臉輕鬆的走向莫陞身後的位置。經過莫陞身邊時，還招搖地對他打招呼，「嗨，莫學霸，很高興又可以成為你的同學，而且還坐在你後面，看來我成績要進步囉。」

莫陞除了面對紀憶年情緒比較有起伏，對其他人他一律冷漠對待。更何況，他跟魏宇任並沒有什麼交情。魏宇任被直接忽略，他悻悻然地坐到位置上。坐定後，他又開始東張西望，動作之大連講台上的班導也注意到了。

「魏宇任你在找什麼？」班導好奇的問。

魏宇任也不拖泥帶水，簡潔有力地說：「找餅乾。」

「餅乾？」班導一頭霧水，「現在是上課時間，你找什麼餅乾？」

魏宇任皺著眉頭搖了搖頭，「不是啦，我是要找人跟她要餅乾。」

「誰？」與其讓魏宇任繼續干擾她發言，不如直接詢問他到底想要找誰，如此一來還比較省時間。

「紀憶年在這裡嗎？她欠我餅乾。」魏宇任笑著說。

班導往紀憶年的所在之處看去，發現紀憶年已經快要整個人縮到桌子底下去了，「憶年，妳在幹嘛？」

魏宇任聽到班導提及紀憶年的名字，他順著班導的視線，看向位在最後一排的位置，那裡果然空著一個人。往下看去，果然有一個人躲在桌底。

「發現紀憶年！」魏宇任指著紀憶年，臉上露出喜悅的笑容。

「不過，紀憶年，又不是防災演習，妳幹嘛躲在桌底？」

既然被發現了，紀憶年也只好緩慢的從桌底爬起來，回到位置上，一臉鎮定的說：「我提前預演。不行嗎？」

此話一出，瞬間引起全班哄堂大笑。

「哈哈——提前預演，虧妳想得到。」

「我看事情不是這樣吧。應該是在躲魏宇任，他們倆可是有段孽緣呢。」

「什麼孽緣？我要聽八卦！」

紀憶年猜測，她今天一定正巧遇到水星逆行，運勢差到谷底。

當周遭幾位知情的同學公開討論她風光的黑歷史，紀憶年只是一味的將身子縮起，眼神狠狠瞪著始作俑者。

魏宇任接收到紀憶年惡狠狠的視線攻擊，他懼怕的縮起身體，嘴上嘀咕道：「小狼犬發威啦！」知情的同學瞬間哈哈大笑，這讓紀憶年的處境更加尷尬。臉貼在桌面，用課本蓋住自己的臉。

「可惡的魏宇任！好不容易對他稍稍改觀，現在又把我的黑歷史宣告天下，哪天我不再揍他一頓，我就不叫紀憶年！」紀憶年在心裡咒罵魏宇任。

魏宇任仍傻傻地笑著，絲毫不知有個人已經在設想謀殺計畫……

最後班導動怒斥責班上吵鬧的同學，魏宇任雖然是新同學，但還是被班導嚴厲警告，別再擾亂上課秩序。

被班導以猶如利刃般的視線掃射後，同學們才收斂許多。不過還是會傳來一些碎碎念的聲音，班導看自己所剩的時間不多，懶得再管他們，逕自公布事情。

紀憶年將臉轉向范筱菁的方向，范筱菁對她用力點頭，表示警報解除，紀憶年才將頭緩緩抬起。

「筱青，我今天一定水逆。」紀憶年低聲說。

范筱菁聳聳肩，若無其事的說：「或許吧，不過我更好奇魏宇任轉學的原因。」

「怎麼說？」紀憶年疑惑的問。

「我覺得他是一頭獵豹，來此狩獵的。」范筱菁比手畫腳，說得生動無比。

紀憶年蹙眉，心想范筱菁到底是哪條筋不對勁，怎會把學校形容成大草原，把魏宇任比喻成飢腸轆轆的獵豹。

「年年，我看人很準的。」范筱菁自信的說。

紀憶年的眼角抽蓄幾下，暫時配合范筱菁裝瘋賣傻，「哦、哦，那誰是獵物？」

范筱菁的眼神直直看著她，「妳啊！」

「我？」紀憶年手指反指自己，「我怎麼就變成他的獵物了？」

紀憶年當然明白范筱菁口中的狩獵代表什麼意思。她就是不相信魏宇任會為了「狩獵」而轉學。這太胡鬧了！

「嘖嘖……年年，妳全身散發濃烈的幸福賀爾蒙，當然會在無意間吸引到正值發情期的男生。」范筱菁仔細幫紀憶年分析。

要不是因為班導站在講台上宣布事情，紀憶年可能會起身大聲反駁范筱菁的話。

天啊，她腦袋到底裝了什麼東西！

「紀憶年、范筱菁，妳們倆越來越過分囉！」班導朝她們憤怒地大吼。

紀憶年的身體抖了一下，被班導警告後她以充滿怨念的眼神瞟向范筱菁。

「對不起。」范筱菁以唇語向她道歉。

紀憶年扳正身子，賭氣不跟范筱菁說話。

但，范筱菁方才說的話，不知為何，遲遲沒有從她腦海中消去。

『我覺得他是一頭獵豹，來此狩獵的。』

范筱菁的這句話令紀憶年倒抽一口氣。

如果真的像范筱菁說的，魏宇任的目標是她，那她該怎麼辦啊！

終於熬到下課，紀憶年不顧范筱菁的呼喊，班導一宣布下課，立即衝出教室。

「欸，紀憶年，妳跑那麼快幹嘛？」

紀憶年臉色發黑，回頭看了一眼差點把自己嚇死。

「他幹嘛跟上來啦！」紀憶年在心裡大吼。

眼看魏宇任逐漸逼近，紀憶年直接躲進女廁。魏宇任進不來，只能站在女廁外堵她。

「紀憶年，妳幹嘛看到我就跑啊？我又不會吃了妳，妳快出來啦！」魏宇任不理會其他學生駐足，就是要逼紀憶年出來面對。

紀憶年的心靈狀態接近崩潰，她此生最不該結識的人，不用懷疑，就是魏宇任。

為了不驚擾如廁的女學生，她戰戰兢兢地從女廁走出，站在魏宇任面前。

魏宇任滿意一笑，沒問過紀憶年的意見就一把拉過她的手，「去別的地方吧。」

「喂，我可以自己走……」紀憶年用力掙扎，想要擺脫他。

魏宇任轉過頭，對著她燦爛一笑，「怕妳走丟，所以要把妳抓牢啊。」

紀憶年忍不住想對他翻白眼，但臉上也莫名泛紅。

在他們後方，有道視線一直追尋著他們的背影。莫陞眼睜睜看著紀憶年被魏宇任拉走，感到一陣心慌。

★

魏宇任找到合適的地點後便鬆開紀憶年的手。

紀憶年收回自己的手，戒備地跟魏宇任拉開一段距離，「你想說什麼就快說，我可沒閒情逸致跟你聊天。」

魏宇任則不以為然的說：「別這麼兇嘛，小狼犬這個綽號真的很適合妳。」

紀憶年眼角止不住抽蓄，她的拳頭蓄勢待發，一旦魏宇任繼續踐踏她的底線，一拳揮過去完全不是問題。

魏宇任當然注意到她的拳頭，他清了清喉嚨，表情變得莊重，朝紀憶年伸出手，「餅乾呢？」

「我又不會騙你，你緊張什麼啦！」紀憶年不耐煩的說。

魏宇任很耐得住性子，沒有半點怒氣，「有榮幸可以吃到小狼犬親手做的餅乾，我當然要一再提醒妳囉。」他頓了一下，賊笑了笑，「不過，我的成績如何妳應該很清楚吧。」

對，這也是紀憶年不喜歡魏宇任的其中一個原因——課業。生性貪玩，整天在學校無所事事的魏宇任，其實也算得上是個學霸。

或許是老天爺看他前世作為一個盡心盡力為主子奔波勞累的奴才，所以這一生讓他生在一個家境不錯的家庭，給了他一個活潑好動的性格，還額外附贈聰穎。

紀憶年對他，真的是羨慕、嫉妒、恨啊！

國中時，莫陞位居年級第一，紀憶年第二，魏宇任則排在第三，有時候他跟紀憶年的總成績也只相差一、兩分，總結，他就是個學霸等級的壞孩子。

「魏宇任，我不是說等我哪天有空做好了再打電話給你嗎？我又不會忘記。但，你轉學是怎麼回事？好不容易考上第一志願，就算是因為家裡因素才轉學的，但怎麼會到這裡？」紀憶年百思不得其解。

許多人夢想的第一志願，可能是一個人三年努力也無法進入的殿堂，但是魏宇任就這樣離開了，怎麼想都不對勁。

魏宇任挑眉，臉上掛著狡詐的笑容，「想知道嗎？妳很想知道嗎？」

儘管紀憶年認為魏宇任說話的語氣很煩人，但如果要得知真相，有時候就要放下對他人的偏見。如同現在。

「嗯，我想知道。」紀憶年微微頷首。

聞言，魏宇任開始來回踱步，「說到這轉學的原因啊，真的是說來話長。我看，我們放學後再聊好了。再一分鐘就上課，我們回教室吧。」魏宇任說完，果斷地邁開步伐，朝著教室前進。

紀憶年驚覺自己受騙了，心裡一把怒火熊熊燃燒，「魏宇任，你這個騙子！」

魏宇任回過頭，對著紀憶年吐出舌頭，「跟我認真妳就輸了。」

紀憶年氣急敗壞，奮力往魏宇任的方向奔跑過去。高舉拳頭，魏宇任一看嚇得落荒而逃。

「不要跑——」紀憶年在他身後大聲喊道。

「怎麼可能乖乖被打！當我傻了！」魏宇任邊跑邊回應她。

在旁人眼中，此畫面看起來就像是小情侶吵架在追逐嬉鬧，多麼和樂的一幕啊。但在莫陞眼中，卻不這麼認為。

他貌似遇到了對手。而且這對手的實力挺堅強的。

莫陞暗地裡下定決心，「我絕對不會把紀憶年拱手讓人的！」

因為魏宇任的加入，班上運動會大隊接力的人選又得做修改。

體育課魏宇任先測完一百公尺，發現他跑得飛快，秒數與莫陞相差沒多少，大概只慢莫陞一點點。

紀憶年私底下找莫陞談論大隊接力的事。

「莫陞，你的身體可以嗎？」紀憶年擔憂的看著他。

莫陞思忖半晌，「……我覺得我做得到。」他充滿自信的說。

其實她也贊成莫陞的決定。根據她針對失智症所調查的資料。許多文獻都寫著，失智症前期最佳的治療方式是多運動，多動腦，刺激大腦運轉，如此便可減緩惡化，幸運的話症狀幾乎會消失殆盡，變得像不曾生病一樣。

「莫陞，我支持你的決定，但如果你在練習時身體不舒服，一定要立即停止練習，別逞強。」紀憶年激動的說。

莫陞伸手搭在她的肩膀，給了她一個安心的笑容，「嗯，我會注意的。」

他接著說：「其實我最近心情不是很好。」

紀憶年想到失智症的症狀就是會有焦慮傾向。此時他很需要別人關心，本就想為他做點什麼，此時正是最佳時機。

「有什麼委屈，或是想要抱怨母親的話儘管跟我說。我是你的傾聽小天使。」說完她才感到羞恥。什麼傾聽小天使啊！好像在裝可愛……

莫陞凝視著她，抬起手，輕貼上她的臉頰，「妳真的願意聽我說嗎？」

紀憶年沒有遲疑，立即點頭，「當然囉，我是你的女朋友，你就盡情對我撒嬌吧！」

「嗯，女朋友。」莫陞挑眉，一抹微笑出現在臉上。

紀憶年臉頰一熱，垂下眼瞼，嬌羞地不敢直視他。

心跳加速的感覺越來越清晰，她甚至懷疑自己會不會心跳太快就暈倒了。

方才毫不猶豫地說出「女朋友」三個字，她現在害羞到不知道怎麼面對莫陞。

但下一秒，當她抬起頭的瞬間，莫陞的唇立刻覆了上來。

與那日在醫院相同的溫度、一樣的氣息，都令紀憶年心動不已。

原以為只是蜻蜓點水般的親吻，卻不知今日的莫陞像是被大野狼附身一般，在離開前，竟然還舔了她的唇瓣，「好甜。」

會甜是正常的，因為她上體育課前偷偷吃了塊巧克力。

她臉蛋泛紅猶如成熟的蘋果，她結結巴巴的說：「你、你知道你在做什麼嗎？」

「我現在腦袋很清楚，當然知道自己在做什麼。」莫陞正經的說。

紀憶年用手摀著嘴巴，害臊的看著他，「這裡是學校，你怎麼還……」以前根本看不出來莫陞是這種人啊！

莫陞莞爾一笑，「我吃醋了。」他坦然說出自己的心聲。

「吃、吃醋？」紀憶年很驚訝，沒想到會從莫陞口中聽到這兩個字。

莫陞苦澀一笑，「也不知道是誰跟轉學生走得那麼近，明明都已經有男朋友，還喜歡跟他打打鬧鬧……」

「噗哧——」紀憶年忍不住笑了，「你吃魏宇任的醋啊！」

莫陞將視線瞥向另一方，算是默認了。

紀憶年看得出來，莫陞是真的很在意這件事，他是真的吃醋了！

「我跟魏宇任真的沒什麼。你也知道我跟他之前的孽緣，我會請他吃餅乾純粹是因為他幫了我一個忙，我才答應他要請他吃手工餅乾的。別生氣嘛。」紀憶年拉著莫陞的手臂搖來晃去。

莫陞並沒有生氣，單純吃醋。他就是看不慣魏宇任太接近紀憶年，而且，身為男人，他能察覺紀憶年尚未發現的事——魏宇任的目光太炙熱了。

那種眼神就只有在看著自己喜歡的女生時才會出現，他便是注意到這點，所以對魏宇任有所戒備。

畢竟，情敵出現了！

★

為了避免莫陞再次誤會，紀憶年跟他再三保證，她會跟魏宇任保持距離，要是他對她毛手毛腳，她會讓他見識她的厲害。

「紀」家功夫可不是白學的！

體育課結束前，體育股長再次宣布大隊接力的名單。

魏宇任加入大隊接力組，理所當然的會有一名原先的選手從名單剔除。

這也讓班上有些看魏宇任不順眼的同學私下議論紛紛。

「誒誒，你們知道嗎，聽說魏宇任原本是第一志願學校的學生，好像是因為在那裡成績不如預期，待不下去，就轉學到我們學校來了。」

「真假！聽說他以前國中在班上成績都維持在第三名，就排在紀憶年後面。那他應該也是個天才，怎麼到了第一志願就碰壁了呢？」

「誰知道啊。反正他來了也是衝高我們的班平均，但也讓我們的排名往後退了啦！」

紀憶年無意間聽到了同學討論著魏宇任。以往對於私底下的談話，她都只是聽聽，沒有放在心上。但這次，她卻抱持著懷疑的態度，倘若事實真是如此，那魏宇任不是挺可憐的嗎？

她不擅長胡亂猜想，反正放學後魏宇任答應說會告訴她轉學的原因，即使這是一場鴻門宴，她是劉邦，而魏宇任就是項羽。危機重重，但為了確認是否項莊舞劍，意在沛公，紀憶年有必要親自走一趟。

她想知道魏宇任想做什麼。

一放學，紀憶年立刻就收到一則訊息。

「如果想知道真相，就到下課時的那個地方等我。」

紀憶年原本想找范筱菁跟她一塊赴約的，但紀憶年還沒開口，范筱菁只說的句「年年我先走囉。」，接著就拍拍屁股走人了。

懸在半空中的那隻手抓不住范筱菁歸心似箭的心啊！

這時候閨蜜、好友什麼的都是假的！

紀憶年又往莫陞的方向看去。他不疾不徐地收拾書包，書包鼓鼓的，想必裡頭塞滿各種課本及參考資料。他湊巧在這時往她這裡看來，兩人的視線在空中相接，莫陞從她的眼神中察覺到異樣。

「誒，紀憶年，待會見。」

「他一定是故意的……」紀憶年心想。

等到魏宇任離開教室，紀憶年才走到莫陞身邊，「你等一下要上課嗎？」

莫陞搖搖頭，「媽媽幫我請假一個禮拜，這段期間我都不必去上課。魏宇任又找妳麻煩了？」

「也不算是。但你陪我赴約好嗎？」紀憶年睜著大眼，哀求似的看著莫陞。

「赴約？」莫陞馬上聯想到魏宇任離開前說的話。

紀憶年用力的點頭，把下課時她跟魏宇任的對話全數告訴莫陞。

「莫陞，避免你誤會，你可以陪我一起去嗎？我真的很好奇魏宇任轉學到這裡的原因。」

莫陞冷漠的臉蛋在遇到紀憶年時總會不自覺變得溫和，笑容也多了幾許。

他淺淺一笑，心裡很高興。紀憶年會告訴他這些，便是將他放在心上的舉止。因為在意，所以先行告知。

「憶年，我陪妳。」莫陞抬起手，將因為汗水黏附在紀憶年額上的髮絲撥去一旁。

這曖昧的舉動又讓紀憶年心跳小鹿亂撞，「……這裡是學校，要低調。」

「我多想昭告天下，告訴所有人妳是我的女朋友，誰也別妄想接近妳。」莫陞霸道的說。

紀憶年臉頰發燙，心裡湧現出一股暖流。羞澀地垂下頭，輕輕頷首，「嗯。我是你的女朋友。」

莫陞的眼眸變得幽深黯沉，若非他們仍待在教室，不能有過多親密接觸，否則他早就想親吻紀憶年的紅唇，汲取她口中的美好。

「莫陞？」

紀憶年發現莫陞罕見的在發呆，輕喚他一聲，免得他的意識一直停留在九霄雲外。

莫陞回神，驀然察覺自己內心強烈的慾望，在紀憶年面前反倒有些尷尬，「咳，憶年，我們去赴約吧。」他趕緊拉回話題，避免被她發現自己的異狀。

紀憶年方才確實接受到莫陞炙熱的目光，聰明的她，當然明白那目光代表的意思。為了趕緊擺脫內心的焦急，她立即應和道，「走吧走吧，早點談完，早點回家。」

她快步走出教室，一走出教室，她舉起手在臉頰邊，用力搧了幾下，「老天，怎麼會這麼熱啊。呼——熱死我了。」

正巧從教室走出的莫陞看到了這一幕，輕輕一笑，「真可愛。」

他加快速度，走到紀憶年身邊，與她並肩而行。

兩人來到赴約地點，早已在現場等候的魏宇任在看到紀憶年身旁的莫陞後，不禁開始猜測兩人之間的關係。

「魏宇任，我沒辦法待太久，你長話短說吧。」紀憶年淡淡的說。

魏宇任的眼神直盯著莫陞，他並沒有立刻回覆紀憶年，而是對著莫陞說：「我找紀憶年，你怎麼也來了？」

「一男一女單獨相處，我擔心她出事，於是我自作主張陪她前來赴約。」莫陞淡定的說。

魏宇任對莫陞的話半信半疑，「哦，那你倒是挺悠哉的嘛。現在都當起紀憶年的保鑣了。」

「魏宇任，別廢話了，就算不是莫陞陪著我來，我也會請筱菁跟我一起赴約。」紀憶年說話的口氣不是很好。

魏宇任聳聳肩，一副無所謂的模樣。雖然這樣他就無法達成他的目的，不過沒關係，他有的是時間。

「轉學的事其實班上同學已經在私底下討論了吧。」

紀憶年微微頷首。

「我挺好奇是誰跟他們說的，但他們說得沒錯，我在原本的學校待不下去才轉學過來的。」魏宇任的表情難得嚴肅，讓紀憶年也跟著正經看待這件事。

魏宇任一步步向後退，直到背撞上樹幹，靠著樹幹身軀滑落，坐在草地上，「我愛玩，也時常惹事生非，但我在課業上的表現也很優秀，這你們也是知道的。能考上第一志願我很高興，雖然我天資聰穎，但是在會考那段時間我也是很努力備考。最後如願進入第一志願，但成績卻無法像國中那樣維持在前三，這樣讓我相當焦慮。」

不知道為什麼，聽到魏宇任自誇天資聰穎讓紀憶年好想扁他一頓，哪有人自誇都不會害臊啊。

但，聽到魏宇任後面說他很焦慮，這不禁讓紀憶年想要繼續聽下去，或許她會認識不同的魏宇任。

一旁的莫陞看著魏宇任的眼神也不同了。或許是因為他知曉每個人身上都帶著故事，而那些故事唯有當事人親口敘述，否則旁人根本無從得知。

「一開始就選擇來到這所社區高中的你們，我並不會認為你們沒有見識過真正的世界。但，在第一志願待過一陣子的我，深切體會到，什麼叫人外有人，天外有天。我便是在廣闊的天地間碰壁了。」

★

「儘管國中表現優異，但在高中第一次段考後，我發現我的成績連班上前五都排不上，頂多第八，學年二十幾。這是我此生受到最大的打擊了，我從沒如此沮喪。我開始逃避，開始想要離開那個地方。我對我爸說我想要轉學，但是他覺得我很沒毅力，因為一次挫折就想要逃避，所以他拒絕我。

無奈之下，只能繼續待在第一志願，但從第一次段考後，我的成績持續退步，於是我又提出轉學的要求，這次，我爸爸同意了。但前提是，來到新學校，我的成績必須恢復到水準，也就是回到前三名。」魏宇任說到最後，原先陰鬱的神情全然消失，取而代之的是自信的笑容。

紀憶年看到他的表情，不禁笑了，「所以你是來踢館的？這裡的館主可不簡單呢。」她瞥向莫陞。

莫陞一臉淡定的說：「隨時歡迎。」他的周遭散發不可忽視的氣場。

站在他身旁的紀憶年更是首當其衝，她總覺得莫陞這話不只是說給魏宇任聽，同時也是在告訴她，他可不會輕易讓出第一名的寶座。

鬥志被點燃的紀憶年，臉上帶著笑容，不甘示弱地看著莫陞，「我也不會甘心第二名的位置，總有一天我會奪下寶座！」

「還有我在呢！你們倆別囂張，我會先搶下第二名的位置，接著再挑戰第一名的寶座。莫陞，不是每天都在過年啦！第一名不會永遠都是你！」魏宇任大聲叫囂。

莫陞難得露出笑容，紀憶年是漸漸習慣了，但魏宇任可不是如此，「原來你會笑啊！我還當你是面癱，字典裡不存在『笑』這個字咧。」

聞言，紀憶年憋不住笑，放聲大笑，「哈哈哈——他怎麼會跟我之前想的一模一樣啊。」

莫陞皺眉，「哦？原來是這樣……」他的口氣聽來令人毛骨悚然。

紀憶年的笑臉瞬間僵住，嚥了口唾液，「慘了，不小心說溜嘴。」她心想。

「紀憶年。」

「有！」紀憶年立正站好，若加上舉手禮，就是標準敬禮姿勢。

魏宇任也好奇的看著莫陞，想知道他想做什麼。

「紀憶年……既然妳已經知道原因，妳可以先離開了。」莫陞說。

紀憶年鬆了口氣，她真擔心莫陞會生氣，然後就不理她了。

正式交往才沒幾天就被分手，那她還怎麼向范筱菁炫耀啊！會被她笑吧。

「哦、哦，那我先走囉。」紀憶年低頭看了手錶，「再見。」語畢，她逃跑似地離開現場。留下兩個看著她匆匆離去背影的男人。

在她離開後，兩個男人之間的氛圍也跟著改變，較勁意味濃厚。

「喂，你跟紀憶年在交往吧。」魏宇任篤定的說。

莫陞冷眼看著他，「離她遠一點。」口氣是不容他人拒絕的強勢。

魏宇任絲毫不畏懼莫陞，他慵懶的看著莫陞，嘴角微微上揚，「今天就發現你們倆的互動不太尋常，而且今天下課我拉著紀憶年來到這裡時就發現你在遠處偷看。怎麼，怕我把她搶走？」

「我從沒擔心過。因為，你毫無勝算。」莫陞冷漠卻又強勢的發言，讓魏宇任不禁挑眉。

「呦——我們媽寶長大啦。你覺得依你這種性格，紀憶年會待在你身邊多久呢？」

「我們的事不用你操心。」莫陞不理會魏宇任的挑釁。

「是嗎？」魏宇任竊笑一聲，「誒，如果想讓你變成局外人，你覺得如何？」

莫陞的臉上仍看不出過多情緒上的起伏，但，他銳利的眼神筆直望著不斷挑釁他的魏宇任，

「你可以試試。」

魏宇任的頭高高仰起，「哦，那我可以追她囉？」

「如果你敢的話。」

「呵，我有什麼不敢！」魏宇任信心十足的說，「何況我本來就勇於挑戰，紀憶年，我勢必會拿下的。」

莫陞的臉上終於有了一絲變化，他挑眉，淺淺一笑，「隨時奉陪。」

就這樣，紀憶年在不知不覺間成為兩個男人爭相獲得的傳說級寶物。

一個是為了保住自己男朋友的位置；一個是挑戰者，試圖推翻館主的寶座，一來能夠獲得美人親睞，二來能夠成為年級第一。

空氣中火藥味十足，莫陞最後瞟了魏宇任一眼後，轉身離去。

魏宇任站了起來，望向逐漸變成小黑點的莫陞，心中對莫陞的競爭意識漸漸提升。

「這次我絕對要贏過你。」魏宇任喃喃自語著。

說出口的話語任由吹拂而來的風帶向遠方，莫陞似乎感應到什麼，拳頭悄悄握緊，眼神銳利的看著前方，全身散發著強大氣場。

他身旁的人也不禁退開，即使是個帥哥，也不敢輕易靠近。

紀憶年回家時，發現紀實麟已經在廚房準備晚餐，紀蒔音也在裡頭幫忙。

「姐姐。」紀蒔音放下手裡的蘿蔔走到紀憶年面前。

紀憶年摸摸她的頭，以充滿歉意的眼神看向紀實麟，「抱歉，又麻煩你準備晚餐。原本已經說好，今天讓我準備的說。」

紀實麟將洗好的高麗菜扔進煮沸的熱水中，才轉過頭，對著紀憶年淡淡的說：「反正我在家也是閒著，這點小事就別計較了。」

紀憶年聽了很感動，若不是紀實麟手中拿著菜刀，她可能會不顧紀實麟反對撲上前抱緊他啊！

「我們家實麟真是太貼心了。想必學校有一堆女粉絲對吧。」

紀憶年話一出，紀實麟手中的菜刀差一點掉落地面。

紀憶年看到菜刀滑了一下的瞬間，尖叫聲差點從口中竄出，「紀實麟！你是要嚇死我哦！拿著刀子時要特別注意！」

紀實麟急忙放下菜刀，也先將瓦斯爐關閉，走到紀憶年面前，垂下頭，低聲說：「抱歉，我下次會注意。」

紀憶年擺擺手，讓他下次注意。她將書包放到客廳後也進到廚房幫忙。

她接手紀實麟原本的工作，紀實麟則負責準備材料，至於紀蒔音則得到休息的機會。

「姐，能問妳一件事嗎？」紀實麟問。

「嗯，你問吧。」紀憶年隨意回應他。

顧著爐火的紀憶年沒有察覺紀實麟糾結的臉蛋，他猶豫著是否要說出口。

「實麟？」紀憶年迅速轉過頭看了一眼身旁的紀實麟。

「姐，妳跟男朋友……進展順利嗎？」

紀憶年身體微僵，尷尬的笑了笑，「你怎麼會這麼問？」

鼓起勇氣問出口的紀實麟，好像也有了勇氣接著說下去，「因為最近姐看起來很幸福，想確認妳是不是真的開心。」

紀憶年語塞，跟弟弟討論這個會不會怪怪的？

「呃……實麟，我跟他確實挺……幸福的。」

語畢，她看到紀實麟臉上露出欣慰的表情。

等等，現在是怎麼了，兩個人的角色是不是互換了？怎麼紀實麟聽到她跟莫陞很幸福，他露出好像女兒出嫁時的欣慰神情啊！

「姐，妳一定要幸福。」

聞言，她感到哭笑不得，「謝謝你。」

★

距離運動會只剩下幾天，體育課練習時光的氣氛也有些許變化。

在開始練習傳接棒之前，會先進行一些簡單的衝刺跑、漸速跑，只要莫陞站上跑道，他的身邊一定可以看到魏宇任的身影。

體育老師吹響哨子的瞬間，莫陞拔腿衝出，但魏宇任也不是省油的燈，兩個人的速度差不多一致，平行通過終點。

「誒誒，魏宇任跟莫陞是怎麼搞的？」

「不清楚耶，他們倆國中的時候根本沒交集啊！」

偷聽到同學對話的范筱菁，立刻跑到紀憶年身邊，扯了扯她的衣袖，「年年，魏宇任轉學的原因真的是同學們說的那樣嗎？」

「嗯，他親口告訴我的。」那天魏宇任說話的口氣、神情都是如此真實，看不出來他在說謊。而紀憶年也不是未曾聽聞第一志願的一些消息，是真的有許多國中課業成績不錯的孩子進到第一志願後反倒成了學年中後半的學生，更慘的就是吊車尾。

范筱菁的視線飄向準備起跑的莫陞、魏宇任兩人，「年年，莫陞為什麼如此認真應付魏宇任？照往例，他不都把魏宇任當空氣嗎？怎麼這一次兩人之間的競爭意識就像妳在跟莫陞爭學年第一一樣啊？」

「我也不知道。」紀憶年感到百般無奈。

紀憶年也很好奇在她離開後兩個男人後續的談話，但莫陞卻給了她這樣的回應——

「這是男人之間的對話，女孩子不用插手。」

被蒙在鼓裡卻又是個好奇寶寶的紀憶年，決定透過自己的觀察能力，找出其中詭異的細節。真相永遠只有一個，那她必然能找到真相。

體育課結束後，紀憶年偷偷摸摸地靠近莫陞，「誒，莫陞，你跟魏宇任之間發生什麼事了嗎？」

「好奇？」莫陞挑起眉。

紀憶年尷尬的笑了笑，「對，就好奇。」

莫陞輕笑一聲，搖搖頭，「祕密。」

紀憶年鼓著腮幫子，發愁的看著他，「你不知道好奇心能殺死紀憶年嗎？」

「祕密說出口就不是祕密了。」莫陞仍不願意透露半分。

紀憶年纏著他，直說若他不告訴她，她就要生氣了。然而莫陞依然緊閉唇瓣，不說就是不說。

既然莫陞不說，紀憶年就開始胡思亂想，「你該不會有被魏宇任掌握什麼祕密？而且那個祕密還不能讓我知道……難道你有了新對象？」

莫陞無奈的扶額，「紀憶年，妳的被害妄想有點嚴重呢。我都不願意拱手讓人了，妳覺得我會棄妳不顧嗎？」

紀憶年後知後覺的愣了一下，扯了扯嘴角，「嘿嘿，我就是擔心嘛。」

語畢，紀憶年臉上的笑容頓失，浮現出淡淡的哀傷。

心思細膩的莫陞，察覺她散發出的哀傷情緒，「怎麼了？」

「沒有啦，我只是……想到爸爸。」紀憶年鬱悶的說。

莫陞恍然大悟，原來紀憶年是想起了父親離開對他們家造成的傷害，這下他總算可以理解為何紀憶年會害怕他拋下她。

「憶年，妳始終放不下嗎？」莫陞問。

紀憶年嘆了口氣，「正是因為放不下，才會害怕再次上演。」她頓了一下，「莫陞，我的身上滿是缺點，我跟你更不是門當戶對，雖然我不知道你家人會不會有這種想法。此時雖相愛，但未來的事是無法預測的，一切都是未知數，你對我的喜愛何時消散我也不知道。」

「憶年，正因為未來充滿不確定性，所以我們更要珍惜眼下的時光不是嗎？」莫陞正經八百的說，「與其煩惱未來，為何不把握當下。妳也知道，我的病情時好時壞，但我知道我現在所能做的，就是相互扶持。我們不正是為了改變未來而努力的嗎？」

紀憶年想了想，覺得很慚愧。她原先的打算是想要幫助莫陞的，但現在，她卻成了被幫助的人，「對不起，我以後不會這麼想了。」

「沒事。我是喜歡妳的內在、妳堅強、不服輸的個性。內在美比外在美重要多了。憶年，談戀愛的人是我，我的戀情自己作主，誰也無法干涉。」

莫陞的語氣雖平淡，但卻讓紀憶年心動不已，他的體貼，他的柔情都是為她一個人。

「我們可能要加緊腳步了，快遲到了。」莫陞笑著說。

「嗯。」紀憶年微微頷首。

兩個人一前一後走在回教室的路上，後方的魏宇任瞧見兩人對話的場面，心裡不禁羨慕。

「沒關係，走在紀憶年身旁的人一定是我！」雖然羨慕，但他的性子也是不輕易放棄的。

轉瞬間，便來到運動會前夕。

操場上已掛上旗幟，隨風飄揚的旗幟正如同在操場上熱情奔跑的學生一般，每個人的心情都很亢奮，期待著明天的運動會。

這一晚，莫陞剛結束家教課程回到家，經過客廳時被莫母攔下。

「莫陞，媽媽能跟你說說話嗎？」莫母小心翼翼的詢問他。

「可以。」莫陞沒有遲疑，馬上回答。

他坐在母親身邊，一坐下，莫母立即張開臂膀緊緊抱著他，「莫陞，媽媽好久沒跟你說話，我已經在反省了，你別不理會媽媽好嗎？」

莫陞的手微微舉起，在碰觸到母親的背之前又重重放下，「媽媽，我不怪你了。而且，我們本來就很少聊天。」

本就鮮少聊天，即使有話聊，也只是莫母單方面分享她最近聽聞哪位親戚的孩子考上第一志願大學的醫學系，哪位好友的孩子成為市內某科的權威。

一直以來他都是安靜地坐在母親身旁，聽著母親說著陌生人的豐功偉業，回過頭再鼓勵他要努力學習。

莫母被莫陞的話堵得說不出話，她鬆開緊緊抱著莫陞的手，兩個人分了開來，「莫陞，從現在開始，媽媽願意多為你設想，但唯獨成為醫生這一點，媽媽很堅持，我不會妥協的。」

莫陞蹙眉，他以為他已經說得夠清楚了，但莫母仍要求他從事他不喜歡的工作，說話的語調也帶著惱氣，「您如此堅持的原因不僅僅是因為薪水或是社會地位吧……是因為外公嗎？」

「不准在我面前提及你外公！」莫母突然大聲的說。一說完她馬上後悔，沉痛地看著莫陞，微微張開嘴卻遲遲說不出口。

「對不起，我不是故意的。」莫陞向莫母真誠的道歉。

一直以來，外公的離去都是莫母心裡的一根刺，每每提及，莫母總會勃然大怒。莫陞大致猜到了，母親的堅持便是與外公離世有關。

第九章：得不到的最美

『也許每一個男子全都有過這樣的兩個女人，至少兩個。娶了紅玫瑰，久而久之，紅的變了牆上的一抹蚊子血，白的還是「床前明月光」。娶了白玫瑰，白的便是衣服上沾的一粒飯黏子，紅的卻是心口上一顆硃砂痣。』

——《紅玫瑰與白玫瑰》張愛玲

莫母的父親，也就是莫陞的外公，也是天生患有心臟疾病的患者。他發病時間在壯年期，正是身強力壯的年華。

身為公司的董事長，加班晚歸、出差一個月都是常態。因此，莫母極少有機會與父親相處，但一旦父親回到家，父親一定會先抱一抱莫母，並關心她的課業成績及交友狀態，在聽到莫母有好的表現時更會大肆讚賞她。

但就在父親發病那天，當時莫母與父親同處在書房，看到父親的身子緩緩墜落，倒在木質地板上，臉部猙獰，手按在心臟的位置，虛弱地呼喊救命。

莫母那時也不過國小五、六年級，在看到父親倒地喊著救命的當下，她驚慌失措，跑出書房，卻發現書房外空無一人，這才想起今日父親讓傭人們各自回家，就連母親也回娘家去了。

莫母慌張的手足無措，當她想到要趕緊打電話叫救護車時，拿著聽筒的手止不住顫抖，聽筒也險些從手裡滑落。

「喂、喂，是救、救護車嗎？我、我爸爸他昏倒了！你們快點來救他！」說到最後她整個人哭了出來。救護人員一步步耐心引導她說出住家地址，並且簡單描述患者的狀況。

莫母驚慌的情緒也緩和些，在放下聽筒後，她回到書房，卻發現父親已經失去意識，她又開始著急，淚水止不住落下，哭得聲嘶力竭，直到救護車抵達將父親送上救護車她仍在哭泣。

陪著父親坐上救護車前往醫院，莫母親眼目睹父親陷入休克，心臟一度停止。心電圖上，那逐漸畫成一直線的畫面，烙印在她的腦海中，即使成年，仍歷歷在目。因此，她懼怕坐上救護車，即是因為如此。

這一切都是從莫父口中聽到的，莫母從未跟莫陞提過她的父親，因為他在送往醫院後一度恢復清醒，但，翌日，仍宣告搶救不治。

這是莫母心中永遠的痛，正因如此，她希望莫陞成為醫生，成為一個能夠將人救活的醫生。她更希望成為醫生的莫陞能夠醫治好自己的病。

「媽媽，我知道外公的事對妳影響很大，但，妳應該也知道，即使當時請了世界最著名的心臟權威，也救不活外公的。」莫陞平淡的說。

莫母閉上眼，緩和自己的情緒，「莫陞，如果醫生連一個人都救不活的話，那我們要醫生做什麼？」

「妳說錯了。醫生也不希望一條寶貴的生命在他們的手中離去，他們已經盡力了，他們也不希望一條寶貴的生命就在眼前消逝啊！」莫陞激動的說，他希望莫母看開一點，別再深陷於過去的泥沼中。

「分明是那醫生無能，所以我才希望你成為一名有能力的醫生！我這樣有錯嗎？莫陞，你告訴我，我這樣想真的有錯嗎？」莫母反問莫陞。

莫陞步步引導莫母走出過去，但眼下，莫母卻執迷不悟，莫陞也顯得不耐煩，「媽媽，妳希望我之後再也無法呼喚妳一聲『媽媽』嗎？」

語畢，莫陞起身離開客廳，快步往自己的房間走去。

他受夠了莫母的執迷不悟，受夠莫母的任性。拿出手機，他撥打父親的電話，電話響了許久才被接起，「莫陞？找爸爸有什麼事嗎？」

「爸爸，我決定搬過去跟您一起生活。」莫陞沒有猶豫，果斷地說。

「真的？」

「是。我已經很清楚表達我的想法，但媽媽還是不肯尊重我的決定，我真的受不了了。」說到後頭，莫陞越發激動。

電話另一頭沉默片刻，久久莫父才開口道：「我尊重你的決定，但你媽媽那邊……」

「我自己說吧。」莫陞簡潔有力地說。

「你可以嗎？」莫父的口氣聽來有些擔心。

「爸爸，就交給我來吧。」

「……好。你什麼時候要過來就先打電話告知我，我先幫你採購物資，到時候你就可以安心搬進來。」

「嗯，麻煩您了。」莫陞說完，逕自掛斷電話。

將手機隨意擺置桌面，拉開抽屜，從裡頭取出藥袋。將藥袋內的夾鏈袋一一取出，細數大約有七、八種藥丸，他一次需要服用如此多顆藥丸。失智症會導致焦慮，過度焦慮也需要服用兩顆藥丸。

前陣子紀憶年陪他到醫院複診，檢查結果表示他失智症的狀況有些微改善，這是個好現象。不過，醫生也提醒他，控制病情絕非暫時的，要持續下去才有辦法達到最好效果。

莫陞謹記醫生說的每一句話，也按時服藥。記新事物方面雖然有些吃力，但情況改善許多，多抄寫幾次，多朗誦幾次大致都可以記起來。

翌日便是運動會，今晚，莫陞坐在書桌前低著頭記錄一些事情，半小時過去，他才熄燈上床睡覺。以往的運動會，他的情緒很平靜，並沒有什麼起伏。但這次他的心情卻很亢奮，這是他第一次如此期待運動會的到來。

興許是因為這次的運動會，對他而言意義非凡吧。

翌日，紀憶年起了個大早，一早醒來精神狀況極佳，雙腳因為訓練而有些痠痛，但不妨礙她的好心情。出門前，弟弟妹妹都替她加油打氣，這讓她感到很暖心。準備完早餐，她便出門了。

她快步走向學校，正準備踏進校門，手腕被人從後方捉住。

她身體顫抖，急忙轉過頭看向後方。一轉頭，便看到臉上滿溢著笑容的魏宇任，「早安啊，紀憶年。」

「魏宇任？你怎麼這麼早？」紀憶年很訝異，平時魏宇任幾乎是踩著鐘聲進入教室，怎麼今天如此反常，竟與她在相同時間抵達學校，太怪異了。

魏宇任哀怨地看著她，「今天是大喜之日，當然要早點到校囉。」

紀憶年苦笑了笑，「還大喜之日咧，又不是要嫁女兒。」

「是迎娶新娘啊！」魏宇任賊笑了笑，話中帶話。

聞言，紀憶年感到不解，「迎娶新娘？誰啊？難道是你！」

有時候魏宇任真的覺得紀憶年太天真了，就這樣相信他要迎娶新娘。他無奈的扶額，「哎呀，小狼犬，別把它當真啊！這是隱喻，隱喻妳懂嗎？」

紀憶年頷首，「懂啊，所以是什麼意思？」
魏宇任突然伸出手指，趁紀憶年不注意，抵在她的唇瓣上，「噓，這是祕密，妳之後就會知道了。」
莫名被撩心的紀憶年，一拳打在他的胸脯，「喂，我可以告你性騷擾哦。」
魏宇任吃痛地退了一步，他正想開口，卻發現莫陞不知何時已經站在紀憶年身後。
「打得好啊，憶年。」莫陞冷冷說道。
被稱讚的紀憶年又接著補上一拳，接著轉過頭，一臉燦笑的望著莫陞，「莫陞早安。我們走吧。」她邁開步伐走進校園。
莫陞瞟了魏宇任一眼後也跟上前。
魏宇任的手按壓在胸膛，紀憶年手上施的力量蠻大的，雖然有些微疼痛，但對於魏宇任來說，這兩拳是直直打在心上。
「真不錯。」魏宇任挑眉，也跨進校門。

★

早晨的太陽是如此炙熱，天空中看不到一朵白雲，讓人想躲在雲朵遮蔽之下的機會也沒有。而烈日毫無半點同情心，一股腦地揮灑他的熱情，以灼熱的陽光慶祝校慶。
運動會上午時段，同學們站在操場中央，聽著校長、來賓致詞就已經有人暈倒了。紀憶年聽到不遠處傳來的騷動，自己也是不停拉扯衣領，想製造人造風。
「年年，我快不行了……」范筱菁臉色蒼白如紙，不似其他同學滿頭大汗，她的臉上不見一滴汗水。
紀憶年驚覺不對勁，她馬上告知班導范筱菁的狀況，班導過來關心時，范筱菁腳下一軟，差一點倒在地上。

要不是有紀憶年攙扶著，可能范筱菁真的要與地面熱吻了。

班導讓紀憶年扶著范筱菁到樹下休息，紀憶年在扶著范筱菁的過程中，發現她的眼睛不知何時睜了開來，還不停向她眨眼睛。

紀憶年瞬間明白一件事——范筱菁假暈啊！

「年年，這招厲害吧。」她的口氣根本聽不出她差一點暈倒。

紀憶年朝她翻白眼，調侃道：「妳練多久？」

「一個星期。我就拿著墊子，擺在地上，壓抑內心的恐懼，倒下去。有次我爸剛好看到我倒下去的瞬間，他嚇死了，他以為我想不開呢。」范筱菁得意的說。

「妳爸爸也知道！」紀憶年的語調忍不住上揚。

范筱菁一副理所當然的模樣，「當然囉！我爸一開始也覺得很傻眼，但最後他還傳授我當年他在當兵時學習到的倒臥姿勢。天啊！超好用的，他一教，我就學會假暈了。」

紀憶年聽完，她是真的快暈倒了，世上怎麼會有這麼天才的人啊！天才之人非范筱菁莫屬，果真是天生的蠢材。

「年年，妳怎麼臉色比我還蒼白？該不會妳也學會佯裝虛弱？我告訴妳，像現在太陽這麼大，就是要用這一招，不然我的皮膚都曬傷了，回家不知道要貼幾塊蘆薈才會痊癒。」范筱菁伸長手臂，讓紀憶年瞧瞧她曬傷的手臂。

紀憶年仔細一瞧，范筱菁的手臂上的確被曬傷，但她不也剛站在太陽底下一個小時而已嗎？怎麼這麼快就曬傷了！

「這就是妳平常體育課都躲在樹蔭下的證明！」紀憶年不禁吐槽。

范筱菁聳聳肩，擺出無奈的模樣。

紀憶年伸手掐住她的臉頰，范筱菁吃痛地皺眉，「啊！輕一點啦！」

「等一下我們就回隊伍中罰站。如果老師問起妳的狀況，我會說妳已經沒事。」紀憶年面帶微笑看著范筱菁。

「年年，妳笑裡藏刀啊。太陰險了，難得一見的黑化年年。」

紀憶年不以為然地笑了笑，「想現在回去嗎？」

「不想！」范筱菁想也沒想立刻回答。

果然黑化的紀憶年惹不起……

開幕典禮結束緊接而來的是教師組的大隊接力。看著導師們開場進行比賽，各班同學都扯開喉嚨替班導加油。

接著是男子一千公尺接力。莫陞、魏宇任都是選手，好巧不巧還排在前後棒次。

紀憶年莫名有些擔心，他們行嗎？

「欸，莫陞。等等接棒的時候你衝快一點沒關係，我肯定可以追得上你的。」魏宇任頭微微仰起，拍胸脯保證。

莫陞冷眼看著他，「嗯。」

因為準備要去檢錄，魏宇任也不好在此時槓上莫陞，只好忍著怒氣，將怒氣轉移到比賽上。

「莫陞。」

莫陞聽到紀憶年的聲音立刻轉過頭。他看到紀憶年站在階梯上，興奮的向他招手，還對他比出加油手勢。

莫陞輕笑了笑，以唇語回應她。

紀憶年讀懂了他說的話「謝謝」，她笑得更加燦爛，像是忘記周遭還有人，她緊盯著莫陞，而莫陞幽深的眼眸也望著她。

彼此對望著，好似這個世界只剩下他們兩人，旁人根本無法干涉。

莫陞先行轉身離去，若是再繼續望著紀憶年，可能都不用比賽了。

他走後，紀憶年仍依依不捨的看著他的背影，一旁被忽略許久的范筱菁扯了扯她的衣襬，自嘲的說：「唉，年年有了老公就忘了偽老公了。」

紀憶年眼角抽蓄幾下，但又覺得范筱菁說的話很有意思，「我什麼時候忘記我們筱菁了？不然現在站在妳身邊的人是誰？」

「但妳完全忘了我的存在。虧我對妳一心一意，妳卻給我戴綠帽，妳這樣該當何罪！」范筱菁佯裝憤怒地瞪著紀憶年。

紀憶年無奈的笑了笑，「是、是，紀憶年認罪，還請范老公饒過小的。」

范筱菁趾高氣昂的抬起頭，「哼，再考慮。」接著，好不容易佯裝出的氣勢全數消失，頓時放聲大笑，「哈哈——年年，我覺得我們可以去試鏡，或許可以成為演員哦。」

「嗯嗯，妳是掌管後宮的皇后，我則是嬪妃，真有趣。」紀憶年也跟著開起玩笑。

范筱菁偏頭思忖片刻，「嗯……這想法真是不錯。年年，我畢業後直接去試鏡了啦！我不想讀大學了。」

紀憶年全當她在做白日夢。

然而范曉菁的口氣卻十分嚴肅，「這真的是條路呢，反正我也不會讀書，從事演藝事業好像不錯……」

紀憶年抽了抽嘴角，無奈的說：「那妳加油囉。」

又不是第一天認識范筱菁，也不是第一天聽她說出遠大、遙不可及的夢想，紀憶年早已見慣不慣。

她不打算繼續關心范筱菁的春秋大夢，目光回到操場上，她尋著莫陞，便將視線鎖定在他身上。

她渴望的愛情在高中開花結果，將目光鎖定在特定一人身上亦是首次。

如果可以，她真想永遠看著他，只求老天賜予奇蹟，讓他們……永遠記得彼此。

時間稍縱即逝，轉眼就來到下午的重頭戲——大隊接力。

紀憶年早已迫不及待，想要盡情奔馳於跑道上。

「紀憶年，記得幫我加油哦！」魏宇任突然出現在紀憶年身邊。

紀憶年愣了下，「哦。」再簡單不過的回覆。

魏宇任覺得無奈，怎麼這一男一女回話方式都一樣，「就不能多說幾個字嗎？像『加油哦，魏宇任哥哥』、『男神，甘巴爹』之類的。」

紀憶年聽完都快吐了，「你又不是我男神，而且你覺得我是那種女生嗎？」

「那讓我成為妳男神吧！」魏宇任自信的說。

「噗哧——」紀憶年沒忍住，不禁噴笑，「想當我男神？哈哈，你沒機會啦！」

魏宇任聳肩，不以為然的說：「沒關係，我會花時間讓妳認同我！」

這句話著實撩到紀憶年的心，她急忙將臉別向一旁，不想讓魏宇任看到她此刻的表情。

「魏宇任！你別纏著我的年年。」范筱菁跑來護航，「長這樣還說自己是男神，真是老王賣瓜自賣自誇。」

「范筱菁，妳幹嘛跑來插嘴？我長得英俊瀟灑，想跟我交往的女生都排到天際了。」魏宇任越說越浮誇。

紀憶年跟范筱菁對望一眼，雙雙無奈的搖頭，「唉——你加油。」

兩人異口同聲說道。

「妳們！」

「大會報告，請高一各班參加大隊接力的選手，現在到操場正中央進行檢錄。」

「該我上場了！范老公，我先走一步。」紀憶年瀟灑地離去。

「親愛的，我會直接衝到司令台用大廣播幫妳加油。愛妳！」范筱菁俏皮的用手比出大愛心。

被晾在一旁的魏宇任，識趣地走向操場中央。

他總覺得，紀憶年每次跟他相處，就像是滿身刺的刺蝟，這跟他看到她與莫陞相處時的嬌羞模樣實在相差十萬八千里。

他不禁感嘆，「唉，果然得不到的最美啊。有距離才有美感，難道我註定只能遠觀？」搖了搖頭，甩開腦中悲觀的想法，「不行！我，魏宇任可不能輕言放棄！」

當初他會喜歡上紀憶年，正是被她那不服輸的性格所吸引。他暗地裡下定決心，要成為一個像她一樣的人。

原先落寞的神情換上燦爛的笑容，朝著紀憶年跑去，「紀憶年，等等我啊——」

★

身為第三棒的紀憶年，重責大任即是搶跑道。為了彌補四百接力無法達成的目標，她下定決心，這次一定要為班上做出貢獻。

跑道上，第一、二棒的選手已經就定位，紀憶年也站上接力區。進行幾次深呼吸，調整心情。

砰——

槍聲大作，比賽開始。

紀憶年看著衝出起跑線，奔馳於跑道上的同學，她不禁大聲吶喊。而在第二棒接到接力棒，穿過彎道，逐漸靠近她，紀憶年最後再做一次深呼吸，等到同學與她達到最好距離，紀憶年一個轉身，開始加速。

「紀憶年，接。」

第二棒的同學將接力棒傳到她手中的瞬間，紀憶年立刻衝了出去，到了彎道處搶跑道，激烈的戰況，第三棒的選手們都迫切希望能夠搶奪先機，跑在內側。

紀憶年很幸運地搶到好位置，她與後方選手的距離也稍微拉開。

「三班加油，紀憶年加油——」

如范筱菁在比賽前對紀憶年所說的，她真的跑到司令台上，拿著麥克風幫紀憶年加油。

但是高速奔馳的紀憶年完全聽不到跑道旁的呼喊聲。耳邊盡是呼嘯而過的蕭蕭聲，腳下踩著輕盈的步伐，身體輕盈地令她懷疑自己是在飛行。

將接力棒傳遞給下一位同學，紀憶年迅速往操場內跑去。她滿頭大汗，氣息紊亂，頭髮也因為風吹的關係而四處亂翹。

「辛苦了。」莫陞不顧旁人驚訝的眼光，伸手將紀憶年雜亂的頭髮撥整齊。

紀憶年也嚇了一跳，不是說要低調的嗎？但眼下，不僅是班上同學，就連其他班級的學生也看到這曖昧的一幕。

「咳……莫陞，這樣太高調了啦！」紀憶年低聲說道。

莫陞不以為意地說：「我們開心就好。」

紀憶年，「……」

請問高傲、冷漠的莫陞跑哪了？

不過，不必遮遮掩掩地交往，這才是她嚮往的愛情。

紀憶年喜孜孜地看著他，「謝謝你。你等等也加油！」

「嗯。」莫陞將嘴巴移到她耳邊，柔聲說：「妳只要看著我就好……讓我的身影烙印在妳腦海深處吧。」

就因為他的一句話，紀憶年的臉蛋瞬間炸紅。

莫陞很滿意她此刻的表情，害他又差一點忍不住想要親她了。

他走回隊伍當中，立刻被較親近的幾位好友追問他與紀憶年的關係。他直接告訴他們，他和紀憶年在交往。整個隊伍像被炸開一般，傳出議論聲。

莫陞不以為然，端正地坐在地上，等待上場。

遠在另一旁等待區，視力二點零的魏宇任看到剛才莫陞、紀憶年親密的舉動，他知道莫陞先一步宣示主權了。

他煩躁地搔搔頭，「可惡！竟然先下手了！」

現在，高一多數學生知道他們在交往，如果他硬要追求紀憶年，恐怕會成為全民公敵，因為他硬要介入人家的戀情。

「魏宇任，快輪到你了，趕緊準備吧。」

有人出聲提醒他，否則魏宇任的眼睛緊盯著紀憶年的一舉一動，根本不會發現已經輪到男生的部分。

魏宇任收回視線，站起身，拍拍屁股，將褲子上的塵土拍落。

下一個就輪到他，而他的下一棒又是莫陞，所以他有自信，紀憶年一定會幫他加油打氣。

他站上接力區，將注意力移轉到比賽上。當前一棒將接力棒傳至他手中，魏宇任馬上拔腿狂奔。

「魏宇任──加油啊！」

不似紀憶年在全速狂奔的情況下，聽不進任何聲音，魏宇任聽到了，而且聽得一清二楚。

紀憶年的吶喊聲不斷在他的腦中環繞，他腳下的速度又提升。

魏宇任感到精神百倍，迅速超過前方的選手，使他們班目前位於第一名。

「莫陞！交給你了。」魏宇任在體力透支前將接力棒遞交給莫陞。

莫陞沒有遲疑，在接到接力棒的瞬間便加快速度。

紀憶年根本是全程替莫陞加油。雖然喉嚨因為吶喊而有些沙啞，甚至有些刺痛，但莫陞身為最後一棒，任務重大，關係到他們班是否能奪下第一名。何況，為自己的男朋友大聲加油需要理由嗎？不需要嘛。

當莫陞率先衝過終點線，紀憶年激動地跳上跳下。她反應過來後便急忙跑向莫陞。

莫陞身旁聚集許多人，有幾位男生和莫陞抱在一起，每個人的臉上都帶著喜悅的笑容。

紀憶年悄悄靠近，莫陞也注意到她，以眼神示意她靠過去。

她走向他，莫陞一把將她拉進懷裡，緊緊抱著。

紀憶年將臉埋進莫陞懷裡。他太壞了，如此明目張膽的放閃，這讓她以後校園生活怎麼過下去啊！

「年年，恭喜妳。唉呦，一定是太害羞，不敢見人了啦。」范筱菁在一旁幫腔。

「范筱菁，憶年臉皮薄，妳就別再虧她了。」莫陞平淡的說。

范筱菁簡直不相信自己的耳朵，一臉驚恐的看著他，「天啊，莫陞竟然叫出我的名字了。這還是你第一次叫我名字，不然我以為你不知道我叫范曉菁呢。」

莫陞感到極度無言，果斷帶著紀憶年離開操場中央。

「臭莫陞，不要這樣啦！」紀憶年低聲抱怨。

「嗯。」莫陞默默承受紀憶年的情緒。

魏宇任親眼目睹一幕幕莫陞與紀憶年親密的畫面，他心裡沒來由地刺痛。喜歡的心情尚未說出口便被堵住，即使想說也開不了口。

「誒，魏宇任。你喜歡年年對吧。」范筱菁的手搭在魏宇任的肩上。

魏宇任回頭看了她一眼，又轉回頭，看著前方的兩個人，「是又如何。」

范筱菁聳聳肩，「說實話，你從一開始就輸了。」

魏宇任的臉上閃過一絲悲傷，但旋即恢復正常，臉上帶著狡詐的笑容，「哼，誰說我輸了。我告訴妳，得不到的最美，等到他們倆分手，我理所當然就是紀憶年的新男友！」

范筱菁伸出腳用力踢了他的小腿，「哪有人像你一樣詛咒幸福情侶的啊！我看你永遠都別妄想追到年年。」語畢，范筱菁邁步離去。

魏宇任在原地發愣許久，直到有人前來呼喊，他才往休息區的方向走去。

他當然知道自己輸在起跑點，但是，他會努力改變紀憶年對他的看法。

當晚，莫陞回到家，走上樓前，他來到客廳，瞧見莫母正低頭看書。

「媽媽，我回來了。」莫陞淡淡的說。

「莫陞，你回來啦。」莫母從書中抬起頭，「今天身體還好嗎？」

「很好，謝謝媽媽關心。」他頓了一下，面上看來有些緊張。

「怎麼了？有話對我說嗎？」莫母問。

莫陞知道，此話若說出口，他和母親的感情必然會陷入冰點。但昨夜的情況，還有之前母親對他的態度，都讓他覺得自己不被尊重，自己的意見在母親面前就如灰塵般，一拍即落。

「……我決定搬去跟爸爸住。」他鼓起最大勇氣把話說出口。

莫母激動站起身，「不行！莫陞，你不能離開我！」莫母一把拉住他的手，緊抓不放。

莫陞哀痛的看著她，低聲下氣說：「媽媽，妳就放我走吧。」

「不、不，不行這樣！莫陞，你不能這樣對我，我是你媽媽啊！」莫母悲痛萬分，不敢相信莫陞竟選擇離開她身邊。

莫陞忍痛將母親的手按下，眼眶泛淚，嘴巴微微張開，沉痛地說出，「媽媽，感謝您對我的養育之恩。是我沒有能力達成您的要求，都是我的錯。」

「不、不，莫陞……」莫母雙腳無力地滑落地面。

莫陞向莫母深深一鞠躬，之後，直接衝向房間。

莫母沒有追上來，坐在地上抱頭痛哭。

回房後的莫陞，背貼在門上，身子緩緩下降落到地面。隱忍許久的淚水終於宣洩而出。他哭得像個孩子，將內心的悲憤、辛酸一口氣發洩。

他的身心從沒像現在如此舒坦，傷了母親的心，但他的心，好像也獲得自由。

★

那一晚過去，莫母時不時來到莫陞的房門外，希望他改變心意，不要對她那麼絕情。但是莫陞心意已決，這絕非他被憤怒沖昏頭所做出的決定，他知道自己如果不離開莫母，他絕對會後悔。

無論莫母如何勸說也無法動搖他的心意。

幾天後，莫母目視莫陞與莫父離去，留下她一人，待在高級透天厝內……

莫陞坐在車內，透過後照鏡，看到站在家門口灰頭苦臉的莫母。到了離別時刻，他的內心仍舊糾結。

莫父看到莫陞悲傷的神情，安慰道：「莫陞，如果你想要回去媽媽身邊的話，我不會阻止你。」

「不了。我們走吧。」莫陞堅定地說。

莫父答應尊重莫陞的決定，他發動車子，腳踩油門，將車緩緩駛離。

在今日，那條綑綁著他十六年的鎖鏈被硬生生扯斷。莫陞心中的坦然，內心的舒暢，都代表著他靈魂的解脫。

他必定會再次回到這裡，無論如何，莫母依然是他的母親，這是永恆不變的事實。他希望下次回到這裡，莫母可以做到真正的尊重，不是把他當成永遠不會長大的孩子。他是莫陞，他人生他作主，他需要的，是每個人對於他所做決定的尊重與支持。

莫陞從原本的家搬離，也意味著他跟紀憶年的距離變得遙遠。雖然兩人在學校依然會碰面，在學校可以盡情談天說地，但放學後，兩人想要碰頭的機會變得稀少。

紀憶年雖不捨，但她同樣尊重莫陞所做的決定，何況，她也認為莫陞需要離開莫母，再繼續被莫母逼迫，莫陞的病將永無止盡的惡化。

沒有了莫母的逼迫，莫陞仍要求自己的成績。畢竟，魏宇任下的戰帖還留著，他不會輕易讓出寶座。

盛大的運動會畫下句點，校園內躁動的氛圍也漸漸平息。

前一日還吶喊加油，今日課堂，老師們又開始煩惱段考進度無法順利完成。

想到緊接而來的第二次段考，紀憶年的情緒比運動會當時還亢奮。因為，她又有一次挑戰機會。魏宇任放話說要將莫陞拉下寶座，她又何嘗不是如此？

莫陞每日放學依舊會到補習班上家教，但是假日他有了自己的時間，可以陪著紀憶年去採購物資、散散心，甚至到紀家讀書。

正因如此，紀家人終於見到莫陞的廬山真面目。

週末莫陞拜訪紀家，紀母完全把莫陞當作自己的長子看待，又是久違的親自下廚，又是捧著紀憶年小時候的相簿，分享紀憶年的兒時回憶。

她簡直把莫陞當女婿了！

「莫陞哥哥，你長得好帥哦！跟我哥哥有得比耶。」紀蒔音笑著說。

莫陞挑眉，目光飄向紀實麟身上，「蒔音，妳哥哥比較帥氣，我差他一點。」

紀憶年在一旁憋笑，紀蒔音則是開心地直拍手，「耶——哥哥，你果然是最帥的人！」

紀實麟的臉上也露出笑容。他摸摸紀蒔音的頭，溫和的說：「那是莫陞哥謙虛了，我怎麼可能比得上他。」

「怎麼比不上了？我們實麟長得眉清目秀，在學校一定有很多女孩子追求。」紀憶年自豪地說。

紀實麟被紀憶年這麼一誇，不禁臉紅。

莫陞無奈一笑，「我跟實麟都很帥這樣不行嗎？」

紀憶年笑了笑，「確實，你跟實麟都很帥！」

閒話家常結束，莫陞接到了莫父的電話。莫父醫院的工作到一個段落，他將親自來接莫陞回家。

莫陞知道莫父要親自來接他，心裡很是高興。他第一次有被父母關心的感覺。紀憶年瞥見他臉上淡淡的微笑，她心裡也替他感到高興。

這陣子莫陞整個人身上的銳氣退去許多，取而代之是體貼的一面。在學校，他開始主動接觸人群，在小組討論中，他不再是一個人將所有事情攬在肩上，他學會分工合作，也在過程中結識新朋友。他的笑容變多了。

可，蛻變的莫陞朝向更完美的男神發展！班上同學論及莫陞時，不只提及他優秀的學業成績，更提及他帥氣的外貌及溫柔的心腸。

為此，紀憶年有些吃醋。臉色也差了點。

「年年，妳最近很常擺臭臉耶。」范筱菁伸出手指戳戳紀憶年的臉頰。

紀憶年有些不耐煩，但也沒拉開她的手，「難道他們不知道他有女朋友了嗎？」她嘀咕道。

范筱菁拍了拍她的肩膀，一副「兄弟，辛苦了」的表情看著她。

「謝啦。」紀憶年其實也不知道自己為什麼要向范筱菁道謝，興許是她的表情讓她心情好多了吧。

「年年，人嘛，就是會這樣。就像是父母看著孩子逐漸長大，心智越發成熟，在他身邊聚集的人也逐漸增加，他們反倒會很羨慕聚集在他們孩子身邊的那群人呢。」范筱菁嚴肅的說。

紀憶年苦笑了笑，「哪有妳說的那麼複雜，還不就是吃醋嗎？」

「妳知道是吃醋就好。話說，他沒有再回去原本的家嗎？」范筱菁問。

紀憶年搖頭，「莫阿姨也沒有打電話詢問莫陞的狀況，好像兩個人徹底斷了聯繫一般。莫陞的父親說，莫母已經搬回娘家，沒有待在原本的透天厝。」

「這樣啊。一個人待在空蕩蕩的屋子內，太寂寞了吧。」范筱菁的情緒有些激動。

紀憶年低下頭，淡淡的說：「嗯，真的很孤單。」

少了莫陞，莫母似乎也失去待在那間屋子的意義。

「對了，年年，第二次段考快到了，怎麼妳這次看起來完全不緊張？」范筱菁好奇的問。

紀憶年輕鬆的說：「不是不擔心，這是自信。」

「哦？」范筱菁不禁挑眉，「看妳很有把握嘛。」

紀憶年托著下巴，面帶微笑說道：「是很有把握啊！」

「那我可以請妳或是莫陞來教我嗎？這樣我就能從班排倒數躍升為班排前十嗎？妳幫我問問莫陞好嗎？」范筱菁認真地問。

紀憶年無言，但范筱菁用期盼的眼神望著她，她根本逃不了，「可以啊。至於他答不答應我就不清楚了。」

當然，這只是敷衍了事。

范筱菁根本不知道紀憶年敷衍的心態，她還高興的攬著紀憶年的手臂，不停向她道謝。

紀憶年只能一味乾笑，「筱菁，我對不起妳！」她在心底向她道歉。

★

興許是因為前陣子運動會的緣故，許多同學亢奮的情緒始終無法獲得平靜，因此，第二次段考成績出爐，班上多數學生的成績相較於第一次段考，有明顯的退步。

不過，這種狀況並沒有發生在莫陞、紀憶年以及魏宇任。

莫陞又拿下班級、學年第一，紀憶年排名第二，魏宇任第三。

一個班上就有學年前三的學霸，教導三班的老師們都不停稱讚他們三個，並且勉勵三班學生，以及自己班上的學生要以他們為榜樣，努力學習。

第二次段考又輸給莫陞，紀憶年心裡還是很不甘心！

就只差了五分。

「可惡，數學粗心錯兩題，我眼睛真是瞎了，竟然看錯數字！」紀憶年咬牙切齒的說。

考卷被她捏在手裡，看得出來她有多不甘心。

相對於紀憶年的不甘心，范筱菁現在的心情簡直飛在天上，她將考卷盡數攤在桌面，自豪的說：「年年，我終於不是墊底了！」

紀憶年迅速瞄過范筱菁的考卷，看完後她嚇了一跳，「范筱菁！妳作弊嗎？」

范筱菁的笑容瞬間僵住，「紀憶年！妳怎麼會覺得我作弊？」

「呃……不是啦，只是覺得妳進步超多的。」紀憶年尷尬地笑了笑。

范筱菁氣到快抓狂，「誒，我難得脫離倒數的行列，妳不跟我說聲恭喜就算了，竟然還質疑我作弊！妳還是我閨蜜嗎？」

紀憶年無奈一笑，「好啦好啦，我不該懷疑妳作弊，我道歉。但妳到底怎麼辦到的？妳根本比我還厲害。」紀憶年覺得范筱菁真的很神奇，不禁好奇她準備的過程。

倘若范筱菁照這樣的準備方式讀書，恐怕有朝一日，她的成績會比她優異啊！

范筱菁不知道為什麼，竟然難為情的搔了搔頭，「唉呦，多虧莫陞的幫忙啦。我去找莫陞，問他願不願意告訴我備考的方法，所以呢……」范筱菁從背後拿出一本筆記本，「莫陞把他之前整理的筆記借給我，我只讀過一遍，哇賽！這本是天書啊！重點超清楚，而且都抓到考題，太神了！」

「原來如此。」紀憶年終於明白真正厲害的人是誰了，不是莫陞還能是誰。

「年年，妳不會生氣吧？」

「為什麼要生氣？」紀憶年覺得很好笑，范筱菁到底在怕什麼。

范筱菁支吾其詞，「因為、因為啊……我沒有找妳幫忙，而是跑去竊取莫陞的智慧。」說完，擺著一張無辜的臉看著紀憶年。

「噗──妳沒來干擾我讀書，我感謝妳都來不及了，我生什麼氣？」紀憶年笑著說。

「真的沒生氣？」范筱菁還是不相信紀憶年。

紀憶年被問到心情煩躁，「對對，沒生氣。但妳繼續問下去的話，我不確定我不會生氣。」

范筱菁馬上閉嘴不說話。

紀憶年嘆了口氣，感覺跟范筱菁講話就耗了她一天的活力。

她將視線轉向莫陞的位置，莫陞面部平靜的坐在位置上，他低著頭，提筆不知道在書寫什麼。這時，紀憶年挑眉，她看到了很難得的畫面──魏宇任愁眉苦臉的看著手中的考卷。

魏宇任的總成績比她低三分，這也代表，他跟莫陞相差八分。

他坐在座位上嘆氣，哀怨地看著莫陞的背影，感到很受挫。

他向莫陞下戰帖，放話會奪下他第一名的寶座，但現在，他無法登上第二名的位置，更別提第一名了。

紀憶年完全能理解魏宇任的感受，她在范筱菁疑惑的目光下起身離開座位，緩慢走到魏宇任身邊，拍了拍他的肩膀。

魏宇任失魂落魄的轉過頭，看到來人是紀憶年，他硬是牽起一道勉強的笑容，「嗨，找我有事嗎？」

「還好嗎？」

「妳覺得呢？」魏宇任反問她。

「你平常不是最囂張，最喜歡挑釁別人，怎麼現在因為輸給莫陞就喪氣了呢？」

魏宇任蹙眉，被紀憶年這麼一說，心裡很不高興，「妳咧？妳不也是以第一名為目標嗎？難道妳已經習慣萬年老二囉？」

「呵。」紀憶年冷笑一聲，「怎麼可能。」她不必刻意提高音量，坐在前方的莫陞就可以聽得一清二楚，她就是故意說給他聽的。

「身為屢敗屢戰的人，我當然也有想放棄的時候，我甚至找不到繼續努力的動力。悲觀的情緒人人都有，但如何化悲觀為轉機又是一門學問。我讀書不單是為了考贏莫陞，更是為了考上頂尖大學，並且拿到獎學金，靠著獎學金升學，這才是我讀書的真正目的啊！」

紀憶年正向的想法影響魏宇任的心情，但他心中仍過意不去，「妳想告訴我，不必在意眼前一次的失敗，應該放眼未來，沒錯吧？」

紀憶年輕輕頷首，「沒錯。首先，你要知道你的目標是什麼。人生總要有個長遠的目標才有動力堅持下去，不是嗎？」

魏宇任突然激動地站起身，他在莫陞眼前大膽地牽起紀憶年的手，「妳是因為看我可憐才會走過來安慰我的，這是不是也代表……妳心裡有我的存在？」

「並沒有。」紀憶年毫不留情地拒絕他。

魏宇任的臉僵住，但隨即又換上淡淡的微笑，「無所謂，我的字典裡沒有『灰心喪志』四個字。我不會放棄的！」

「誒？」紀憶年恍然大悟，直到現在，她才知道魏宇任對自己的心意。果然如范筱菁所言，她真的被鎖定了！

可轉念間，她不自覺想吐槽，「喂！到底是誰坐在位置上偷偷拭淚的？你剛才的表情是我見過最醜的臉。」

「妳看錯了吧。我不是一直都是英俊瀟灑的嗎？」魏宇任用手比了個七擺在下巴處，甚至不停對紀憶年拋媚眼。

紀憶年完全不予理會，卻與莫陞對上眼。

她發現莫陞的眼神異常的冷淡。驚覺苗頭不對，她略過魏宇任，站在莫陞面前，一副可憐兮兮的模樣。

「莫陞……你生氣了？」紀憶年戰戰兢兢的問。

莫陞莞爾一笑，「沒有。」

「真的？」紀憶年小心翼翼地看著他。

「嗯。」

紀憶年這才鬆口氣，「呼，你別想太多哦。我只是去關心一下魏宇任受挫的心，沒有別的意思。」

莫陞無奈的笑了笑，伸手撫摸紀憶年的頭髮，「妳不難過嗎？」

紀憶年愣了一下，接著又微微頷首，「難過，但我下次不會輸的！」

莫陞挑起眉，寵溺一笑，「我等妳。」

魏宇任看到兩人親密互動的畫面，他心裡雖然難受，但還是打起精神，起身，站到他們身邊，一臉笑容的說：「別忘了我！我也不會放棄！」他頓了一下後，又說：「各方面都是。」

莫陞一派輕鬆的看著他，說：「我不會給你機會的。」

無論是課業或是愛情，他都不會輸給魏宇任。

第十章：憶年

段考結束，紀憶年和莫陞決定做件有意義的事——到安養中心照顧長者。

由莫父幫忙聯繫認識的安養中心院長，排定時間後，紀憶年和莫陞利用週末到安養院服務。

第一次進到安養院時，紀憶年與莫陞接受了震撼教育。

當安養院的一位年邁的女護理師向他們介紹安養院收容的長者數量，以及大致說明幾位長者進入安養院的原因後，紀憶年已經紅了眼眶。

許多長者或許身體仍健康，但他的家人卻義無反顧地將他送到安養院，讓護理人員照顧他。

現在紀憶年身旁的一位薛奶奶，她因為行動不方便，家人宣稱工作忙碌，沒時間看顧她，而他們也不想花大錢請看護，於是將薛奶奶送到安養院。原先說好的一個禮拜見一次面，到現在，老奶奶已經一個多月沒見過家人了。

紀憶年經過護理人員的引導，替薛奶奶倒了一杯溫水，面帶微笑地遞給她，「薛奶奶，請用茶。」

「哦，謝謝妳。」薛奶奶和藹可親的接過水杯，喝了一小口潤了潤喉後，又將水杯遞還給紀憶年。

「孩子啊，妳幾歲了？」薛奶奶問道。

「十六，下個月就十七了。」紀憶年不疾不徐地說。

她的生日在十二月，就快到了。

薛奶奶微微頷首，神情突然轉為哀傷，「我有個孫子，年紀跟妳差不多，但我已經快要一年沒有見到他了，也不知道他現在長得如何？長高多少、像他爸爸一樣帥氣了嗎？這些，我都只能藉由想像，根本見不到面。」

紀憶年被感染哀傷的情緒，「奶奶，如果不介意的話，妳可以把我當作妳的孫女沒關係。」

薛奶奶露出慈愛的笑容，「謝謝妳。有妳這麼可愛的孫女是我的福氣。」

「其實我沒見過我的奶奶，父母當初不顧家人反對結婚，雙邊的家人都不准他們回去探望，所以我從小到大都沒有見過祖父、母。」紀憶年淡淡的說。

薛奶奶握住紀憶年的手，「妳就把我當作妳的奶奶吧。」薛奶奶莞爾一笑。

紀憶年臉上悲傷的神情逐漸消散，「能成為薛奶奶的孫女，我好高興。」

另一頭的莫陞，主要照顧的對象是住在安養院時間最久的洪爺爺。洪爺爺的家人一個禮拜來兩天，主要是送些物資過來，還會推著輪椅，帶洪爺爺到戶外散心。

洪爺爺罹患了阿茲海默症，也就是失智症。他原本是位軍人，退休後到鄉下養老，日子過得悠閒自在。他的兩個兒子都年輕有為，一個自己開公司，成為公司大老闆；另一個經營餐館，生意鼎盛，每一天都吸引無數客人上門用餐，翻桌率極高。

洪爺爺是無預警的發病。當時，他獨自外出採買物資，卻在出店鋪後，迷失回家的路。幸虧有巡邏員警發現洪爺爺的異樣上前關心，因為鄉下人的感情融洽，巡邏員警也認識他，於是他貼心地騎車載著洪爺爺回到家。

洪爺爺回到家又恢復正常，洪奶奶還罵他幾句，說他都這種歲數還麻煩人家警察大人，叫他下次別再一個人出門。

洪爺爺也不知道自己發生什麼事。他記得採買完畢準備回家，卻在出了店鋪後忘了歸路，連巡邏員警騎車載他回來的記憶也很模糊。

他隱約覺得自己生病了，但倔強的他又不願對家人說。翌日，他趁著洪奶奶外出時，又一個人出門。走在路上，洪爺爺感覺心情舒暢，而且腦袋清晰，完全沒有昨日的症狀。但下一秒，他的頭不知為何竟產生劇烈疼痛，忍著痛走到路邊蹲了下來。

待疼痛緩和些他才緩慢起身，但，他忘了自己所在何處，甚至忘了自己是誰。

若不是有路人發現遊蕩在路上的洪爺爺，打電話到警察局，這才有警察協助聯繫到洪奶奶，並由洪奶奶將洪爺爺接回。

但，當洪奶奶抵達警局，站在洪爺爺面前時，洪爺爺竟然說了句「妳是誰？」這可讓洪奶奶嚇昏了。

這些事都是洪爺爺意識清楚時告訴安養院的護理人員。當時洪奶奶緊急連絡到兩個孩子，但他們卻以工作忙碌為由，無法及時前往鄉下關心洪爺爺。洪奶奶聽聞，心都涼了。把屎把尿把孩子養到這麼大，最後，竟是被以這種方式對待。

洪爺爺的情況一天天糟糕，意識清楚的時候他會一個人坐在客廳的沙發上看著電視，洪奶奶試圖與他談話，但洪爺爺總是不發一語，眼神專注於電視節目。發作時，他的心智年齡會回到國小，嘴裡常唸著已然過世的父母，甚至會將洪奶奶當作自己的母親。

洪奶奶這日子過得辛苦，情緒也變得暴躁。

每當洪爺爺做出惡作劇的舉動，自以為洪奶奶會原諒他，但下一秒，洪奶奶手指著他大聲飆罵，「你怎麼會把自己搞成這副德性！盡做些幼稚舉動，不要心智年齡退化就真的變成孩子啊！」

洪爺爺被洪奶奶指責，畏懼地縮起身子，躲在飯桌下，身體不停顫抖。

「對不起，媽媽我錯了，對不起……」洪爺爺嘴裡唸唸有詞。

洪奶奶失魂落魄的坐到椅子上，掩面哭泣，「我們到底是遭了什麼孽！老伴啊！」

無可奈何的洪奶奶，終於等到兩個孩子的到來。兩個孩子來到鄉下，皆帶著妻小前來，樣子看來像是來此度假。

「媽，爸看過醫生了嗎？」大兒子問。

「我都有年紀了，我怎麼一個人帶你爸去醫院啊！」洪奶奶抱怨道。

小兒子的神情很不耐煩，洪奶奶看得出來，此次前來鄉下並非他所願，應該是被大哥逼的。

「今天載你爸到醫院檢查，讓醫生開藥給他吃，看看情況會不會好轉。」洪奶奶囑咐兩個兒子。

大兒子認命接下重責大任，由他負責載洪爺爺到醫院，而小兒子則負責照顧洪奶奶。

孫子們圍繞在身旁，一個個奶奶、奶奶的叫著，洪奶奶的臉上出現久違的笑容。

當大兒子載著洪爺爺回到家，告訴家人洪爺爺經醫生研判，深許是罹患阿茲海默症的當下，洪奶奶受到過度驚嚇，整個人昏過去。沉靜許久的小屋子熱鬧起來，但，卻是帶著大人的驚呼、吶喊，以及孩子年少無知的嘻笑聲。

洪爺爺日漸加劇的病情，讓洪家人不知所措，也漸漸失去耐心。

「媽，我們把爸送到安養院吧。我跟大哥要工作又要照顧孩子，真的沒辦法三不五時就跑到鄉下。」小兒子不避諱洪爺爺在場，直接說出他的看法。

洪奶奶陷入掙扎，她一個人確實無法照顧失理的洪爺爺，她現在身心疲憊，對於小兒子提出的意見很心動。

經過家族討論，他們決定將洪爺爺送到市區的安養院，並輪流去安養院照顧洪爺爺。

這是洪爺爺的故事，是他親口說出的殘忍事實。他就像顆皮球一般，被家人無情的踢在腳下，他此生最愛的家人，在他生病時，無情地將他送進安養院，也不願自家人自己照顧。

為什麼洪爺爺可以口述這段故事呢？因為，家人間在討論他的去留時，洪爺爺全都聽到了，當時他是清醒的，比任何時刻都要清醒。

他默默接受自己的命運，任由家人將他送進安養院。

他的前半人生活得風風光光，可後半人生，卻只能被人嫌棄，待在一個他永遠無法適應的地方。

★

洪爺爺的病情已經無法回天。他的家人也無意帶他到醫院治療，而是全權交由安養院處置。

當初護理人員講述洪爺爺的故事時，紀憶年和莫陞肩並肩坐在一塊。紀憶年明顯感受到莫陞壓抑的心情以及無法停止的顫抖。

或許，莫陞是在為洪爺爺感到難過，又或者，他想到了……他的未來。

安養院會不定期舉辦互動活動，很多時候會邀請安養院住戶的家人參與活動，可每次洪爺爺都是孤單一人坐在活動教室外。沒有家人陪伴，他也興致缺缺，每次都悶悶不樂的。

莫陞在照顧洪爺爺的期間，時常分享他的生活。起初，洪爺爺的臉上仍舊不改平靜，並沒有參與對話。而且每次莫陞來到安養院，洪爺爺早就把他忘得一乾二淨，叫不出他的名字，也遺忘昨日的故事。

莫陞不厭其煩地照顧洪爺爺，既然洪爺爺忘記昨日的故事，那他就會分享另一則故事。漸漸的，洪爺爺下意識將莫陞當作他的家人，「孩子你終於來啦！爺爺等你很久了！」

一腳剛踏入安養院病房的莫陞和紀憶年，對看一眼後，莫陞臉上掛著笑容，走到洪爺爺身邊，「對不起，我下次會提早來的。」

紀憶年收回視線，她總擔心莫陞冷淡的個性無法照顧長者，可是在看到莫陞和洪爺爺自然的互動後，她也放心不少。

「孩子，發生什麼事了？看妳笑得合不攏嘴的。」薛奶奶問。

被如此一問，紀憶年尷尬的笑了笑，「沒事沒事，薛奶奶，今天不是有活動嗎？我陪妳一起玩遊戲好嗎？」

「好啊。孩子，妳應該早點來這裡陪我的，有妳陪我，我的心情都很愉快。我告訴妳哦，這是我第一次這麼期待活動趕緊開始。」薛奶奶笑容滿面，眼睛也瞇成一條線。

「薛奶奶，妳的孫子有陪妳參加過活動嗎？」紀憶年好奇的問。

薛奶奶點頭，語氣卻藏著無奈，「有是有，但那孩子個性內向，上一回被他媽媽帶來和我一起參加活動，他彆扭的不肯靠近我，甚至以陌生的眼神看著我，我心裡可難受了。」

紀憶年握住薛奶奶的手，稍稍施力，像是在告訴薛奶奶，這裡有她在，她會陪著她。

薛奶奶感動的看著她，手上的力道也微微增加。

當天下午的活動時間，莫陞與洪爺爺，紀憶年與薛奶奶組隊參與活動。活動進行地順利，每一位爺爺、奶奶都玩得很盡興，臉上盡帶著笑容，就連不苟言笑的洪爺爺，也攬著莫陞的手臂笑開懷。

細數這幾個禮拜在安養院的日子，紀憶年與莫陞每次都是帶著滿滿的收穫與回憶踏上歸途。

莫陞的病情也控制得極穩定，藉由服用藥物、多運動、保持正面的心情來控制惡化的速度。

白駒過隙，他們的戀情穩定進行中，非但如此，他們的課業成績也保持穩定，被老師們譽為典範情侶。

每當老師們叮囑學生認真學習，不要急著交男女朋友時，在後頭又會加上一句話，「除非你們能像紀憶年和莫陞一樣，感情與課業兼顧，再來談戀愛吧。」

此話一出，瞬間引起騷動。當然，這都是後話了……

三年瞬間即逝，當畢業生拿到畢業袍，興奮地穿著畢業袍，在校園內來回穿梭，與自己的好友和老師拍照留念，在學校的各個角落留下自己的身影。但，這同時也意味著大家將各奔東西。

紀憶年與莫陞都以優異的成績申請到北部的大學，而且幸運的是，兩人申請到同樣的大學，雖然科系不同，一想到以後的日子還可以和莫陞在一所學校生活，她就覺得很高興。

不似莫陞早已立志成為老師，紀憶年的目標一直以來都是以考上頂尖大學為最優先，從未真正想過自己想做什麼。

在認真思考的過程中，她想到弟弟、妹妹，想起她擔下的重擔，想起她照顧家人時的心情。接著，她又想到安養院的爺爺、奶奶，尤其是與她感情最好的薛奶奶。

她的腦中瞬間閃過一絲念頭，她想為更多人服務。

雖說想為更多人服務，實則她是想要成為一個可以傾聽他人煩憂，並提供意見的人。她希望可以透過傾聽一個人的故事，了解一個人，並且，幫助那個人走出困境。

決定了方向，她果斷的填選「心理系」。放榜時，不出預料填上理想科系。她給自己設定一個目標，將來，她要成為一名諮商心理師，而且是專為長者及青少年服務。

因為自我內心壓力沉重，又因為知曉莫陞成長過程的辛酸故事，以及在安養院照顧長者的那段時光，讓她明白，孩子心裡的苦，絕不比大人少；而長者們心裡的鬱悶，也絕非我們能想像。

紀家人知道紀憶年的想法後，皆以她為榮。莫陞也支持紀憶年的決定。

這次，她想為那些與她有相同家境背景的孩子做點事。

話說，紀憶年在高中三年內終於有一次段考贏過了莫陞，成為年級第一。那時，不僅紀憶年開心地手舞足蹈，身為第二名的莫陞則是激動的抱住她，並對她說：「恭喜妳！」

雖然之後莫陞又重回第一名寶座，但即使考試無法考贏莫陞，她也不曾放棄，屢敗屢戰。此精神，便是當初莫陞喜歡上紀憶年的原因。

此外，魏宇任考上中部的頂尖大學，他至始至終，都未曾贏過莫陞，也無法贏得紀憶年的芳心，可他也沒有放棄追求紀憶年。一直到畢業前夕，仍不死心，不停在紀憶年身邊打轉，惹得莫陞不開心，還讓紀憶年出面哄他開心。

最後，有一個人不得不說，就是范筱菁。當年她隨口說畢業後就去試鏡，沒想到她還沒畢業就跑去電視台試鏡，更意想不到的是，她真的選上了！

某天放學回到家，范筱菁在郵筒內找到通知信，信中寫著她通過試鏡！她激動的在床上不停跳躍，差一點把床都跳壞了。

她迫不及待將這件事告訴紀憶年。

此時的紀憶年剛從賣場回到家，正準備處理晚餐，范筱菁打電話過來，她沒有猶豫，按下接聽鍵。

「年年——」

電話才剛撥通，范筱菁的獅吼聲立刻傳過來。深怕傷及耳朵，所以立即將手機拿得遠遠的。

「年年？有聽到我說話嗎？」

「有啦！妳聲音這麼大聲，我隔壁鄰居都聽得到！」紀憶年浮誇的說。

「我告訴妳，我通過試鏡了！啊——」

報完喜訊，接著又是一聲尖叫。

紀憶年聞言，驚訝到下巴都快掉到地上，「妳真的跑去試鏡了！而且還通過了！」

「對啊！我范筱菁說到做到，哈哈哈——」

紀憶年知道接下來范筱菁一定會開始論述她試鏡當天的過程，過程難免會被她誇大其辭，並且交雜著無數笑聲，因此紀憶年果斷掛斷電話，免得影響她準備晚餐。

升上大學後，紀憶年與莫陞因為事務繁忙，無法天天見面。但一有空閒，兩人便會出門約會，有時假日還會來趟小旅行。

這段期間，紀憶年會陪莫陞按時回診。自南部來到北部讀書時，莫父就已經先將他的就診資料移轉到北部的大型醫院，又因為他經常回診，主治醫生對他身體狀況聊若指掌。

「莫陞，最近還有記憶障礙的問題嗎？」主治醫師藍醫生溫和的問道。

「最近比較沒有了。」莫陞確切回答。

「那可以暫時放心了。青少年型失智症是越早發現，及時治療的成效最好。不過，即使你現在狀況穩定，也無法確定日後不會發病。」

醫生說的，莫陞都明白。他的失智症何時會發作？真的無法預測。

正因為無法預測，也更懂得珍惜此刻的每分、每秒。

★

離開醫院，莫陞載著紀憶年到附近的商店吃午餐。

莫陞選定的餐廳，是紀憶年時常掛在嘴邊的平價簡餐，許多餐點都是銅板價，在北部很是稀奇，所以也吸引許多人上門光顧。

因為有事先訂位，抵達餐廳後，報出名字，服務生立刻幫他們帶位。

紀憶年點完餐後，整個人悶悶不樂地望向窗外。

莫陞注意到了，開口關心她，「怎麼了？怎麼愁眉苦臉的？」

紀憶年輕嘆一口氣，「唉——我也想露出笑容，但只要想到你過去那段日子每天都必須服用大量藥劑，生活又過得苦悶，我真替你感到難過。」

莫陞苦笑了笑，伸手拉過紀憶年的手，握在手裡，輕輕磨蹭著，「憶年，不必為我感到難過。人活在這世上，悲傷的事實在太多了，我們應該學會，記得愉快的事，至於悲傷的事，終將成為過往，就讓它成為警惕，好嗎？」

紀憶年抿著下唇，似乎想要開口同意莫陞的話，卻又想出言反對。

「憶年，珍惜身邊的人，是我們現在的首要目標不是嗎？我們要活在當下。眼下，妳就盡情享受餐點，暫時忘記我病情的事，好嗎？」莫陞輕掐她的臉頰。

紀憶年終於露出笑容，「謝謝你。沒想到我立志成為諮商心理師，現在反倒成了需要被輔導的對象呢。」一頓時間，紀憶年感到哭笑不得。

「這沒什麼，何況我以後成了老師，我也算是半個輔導老師吧。」莫陞平淡的說。

紀憶年不禁挑眉，「你把我當作你的學生嗎？莫、老、師。」紀憶年俏皮一笑。

莫陞臉蛋泛著微紅，被她這麼一說反倒有些害羞。

紀憶年瞧見莫陞泛紅的臉蛋，決定繼續捉弄他，「莫老師，你再多說一點，我還想聽。」

「之後有的是時間，先吃飯吧。」莫陞瞬間低下頭，拿起筷子，夾起一塊肉片送進嘴裡。

「好啦。」紀憶年敷衍的回答他。她是真的想多看一點莫陞羞赧的模樣。

用完餐，紀憶年接到范筱菁的電話。

范筱菁好不容易抽出時間跟紀憶年見面，因為兩人有一段時間沒有見面了，她想邀她去逛街。

紀憶年讓莫陞先回學校，她自己搭車到赴約的地點。

她在繁華熱鬧的捷運站下車。來到大廳，一眼就看到戴著墨鏡、鴨舌帽，將黑色風衣披在肩上的范筱菁。

范筱菁也正好從手機螢幕上抬起頭，看到緩緩朝她走來的紀憶年，她摘下墨鏡，腳下踩著高跟鞋，滿臉燦笑快步走向她，「年年——我最愛的年年！」

范筱菁張開臂膀，緊緊擁抱紀憶年。紀憶年也回抱住她，兩個女生就在車站大廳相擁，毫不忌諱旁人的目光。

「筱菁，妳那麼忙還抽空跟我見面，真是辛苦妳了。」紀憶年輕輕拍打范筱菁的背。

聞言，范筱菁不禁鼻酸，她吸了吸鼻子，淚水在眼眶打轉，哽咽說：「年、年年，我真的快不行了。」

「怎麼了？筱菁，妳先冷靜下來。」紀憶年因為范筱菁的哭音開始緊張。

范筱菁是個極少落淚的人，這次她會有這麼大的反應她真的被嚇到。

紀憶年攬著她的肩膀，帶著她來到地下街的咖啡廳。

范筱菁一坐下來，就開始落淚。淚水稀哩嘩啦的落下，紀憶年靜靜地坐在對面。

半晌，范筱菁的淚水逐漸減少，桌面堆滿她擦拭眼淚的衛生紙。范筱菁以手背將眼角的淚水拭去後，開口道：「年年，演藝圈真的不是個好地方。」

「妳被欺負嗎？」紀憶年迫切地想知道原因。

范筱菁苦喪著臉，哀怨的說：「我當初把演藝圈當作天境，妄想成為大明星，與我欣賞的藝人同框較勁。但我真正踏進這個圈子後，才發現我有多愚蠢。

身為菜鳥，在圈內沒人脈，經紀公司派給我的經紀人也是個小菜鳥，她還時常挑我語病，接案子的時候也沒有經過我的同意，我都快被氣死了。我們真的把演藝圈想得太美好了，美到，我們根本看不到它的黑暗面。」

「有跟經紀公司反應嗎？」紀憶年問。

范筱菁頷首，噘嘴，憤慨說道：「當然有啊！但經紀公司說當初簽合約，經紀人需要綁定一年的時間，所以我要等時限到才能換經紀人。更扯的是，我的經紀人知道我去向公司打小報告後，她還反嗆我，說是我自己沒擔當、個性差，不會打交道。齁，我快被煩死了。」

紀憶年起身走到她身邊，拍了拍她的背，「筱菁，別勉強自己，就算妳離開，妳也一定能找到其他出路的。」

「離開後我要去哪？」范筱菁苦笑道，「我沒有繼續升學我爸就已經很生氣了，但我真的不喜歡讀書，所以我也不可能繼續讀大學了，但除了這條路，我還能怎麼辦？」

紀憶年不贊成她的說法，「誰說妳沒有其他路可以走？妳記得妳最初的夢想是什麼嗎？」

「畫畫？」

「對啊！妳當時不是有考慮走這條路嗎？其實，妳也是因為運氣好才通過試鏡的不是嗎？現在妳發現這個環境不適合自己，妳當然可以離開。」紀憶年鼓勵她找尋真正的夢想。

范筱菁皺著眉，說：「我爸總說畫畫不能當飯吃，而且這條路不比演藝事業輕鬆，我真的……可以重拾被我拋棄的夢想嗎？」

紀憶年莞爾，「當然。我們活在這世上便是不斷在做割捨。喜歡與擅長之間有個一線之隔，妳有繪畫底子，也曾在比賽中獲獎，繪畫是妳的專長。筱菁，別說什麼被妳拋棄的夢想，夢想一旦誕生，便永留於心。」

范筱菁的臉上重拾笑容，「謝謝年年。不愧是我的好閨蜜，最懂我了！」她抱緊紀憶年的腰，蹭了幾下。

紀憶年幫她順了順頭髮，輕聲說：「未來妳成為一名大畫家，別忘了我這位好朋友哦。」

「不可能會忘記的。我多愛年年啊！」范筱菁抬起頭，嘴角大幅上揚。

在那天真浪漫的時光，所幸有范筱菁的陪伴，讓紀憶年戰戰兢兢的生活有了樂趣。

范筱菁的存在就像是她的調和劑，負責中和她緊張的情緒。但，有時候她也必須充當范筱菁的調和劑。因為人都有難過的時候，儘管平日裡總是笑容滿面、嘻笑打鬧的模樣，可人心存在兩面，另一面長久藏於深處的心靈，有的時候，也特別脆弱。

★

大學閒暇時，紀憶年找到一所安養中心，空堂時間會到那裡當志工。

莫陞有時也會陪她去，但大多都是她獨自前往，因為莫陞的課業相對忙碌，他也有接家教，所以空閒的時間不多。

有一天，莫陞接到莫父的電話。莫父在電話中告訴他莫母生病住院的壞消息。得知此事，他整個人僵在原地良久，可見這個消息對他有多大的打擊。

翌日，他立刻搭車南下探望莫母。來到莫父所屬的醫院，找到了莫父，他立即帶莫陞來到莫母的病房。

莫陞推開病房門，尚未踏入病房，便看到躺在病床上，針頭插在手背上連接著點滴，莫母臉色蒼白如紙，莫陞在門口清晰可見。

「媽媽……」

說出這個詞竟感到有些陌生。

莫母緩緩睜開眼皮，頭慢慢轉向門口的方向。當她瞧見莫陞，眼眸瞬間放大，伸長了手，迫切地想要碰觸到他。

莫陞走向她，讓莫母能夠碰觸到自己。

「莫陞，我的孩子……我好想你。」莫母氣息虛弱，雙手不停顫抖。

「媽媽，我來晚了。」莫陞低聲說。

有一滴淚，自莫母的臉龐滑落至枕頭上。接著，淚水像是潰堤般，無法控制地落下，「莫陞、莫陞，媽媽知道錯了，我真的錯了……」

莫陞坐在病床旁的椅子，以指腹拭去莫母的眼淚，「媽媽，我早就原諒妳了。」

「都是我把你推入深淵，都是我……」儘管身體狀況極差，但莫母堅持一定要說出口。

莫陞靜下心專注聽莫母說話。

「在你離開後，我真的得到教訓了。回娘家，被母親訓斥一頓，我這才想起，被責罵，心情真的很糟糕。我能夠理解你默默站在原地被我大聲責備的心情。我也不能逼你從事不喜歡行業，因為那真的很痛苦，我終於明白了。

母親告訴我，父親當初並非想當公司董事長，是因為我的爺爺，不希望苦心經營的公司交付到外人手裡，因此強迫父親接任他的職位。父親無法拒絕，也只能順著爺爺的意思繼承公司。

但父親過得並不開心，因為他不喜歡這個工作，這也讓我明白我不該限制你發展，應該讓你做喜歡的事情……」

莫陞只是安靜聽著。那條束縛著他的鎖鏈，早在離家時被他硬生生扯斷。他對莫母早已沒有埋怨，如今，只剩下感謝。

「媽媽，我並不後悔離開妳身邊。離開妳，我獲得了自由。我知道那時妳必定傷心欲絕，但分開後，不也讓我們彼此更加成熟了嗎？」

莫母哭著點頭，「莫陞，我會努力成為合格的母親，我會努力的。」

莫陞抱住莫母，拍拍她的背，溫柔的說：「媽媽，我愛妳，也請妳趕緊好起來，好嗎？」

莫母在莫陞懷裡放聲哭泣。心中的愧疚也因為莫陞的話而得到的慰藉。長久被雲霧籠罩的心，此時，一道光芒打入，是一片光明。

之後莫母被轉到北部的醫院，這樣莫陞也方便照顧。

莫母被診斷為肝癌中期，飲食必須清淡，且要維持良好的運動習慣。莫陞在忙碌之餘，會抽空到醫院，陪著莫母到醫院外頭散散步。莫母精神好的時候，母子倆也會到醫院附近的商店街購物。彼此臉上都帶著笑容的畫面，是莫陞小時候曾經幻想過的畫面。現在，幻想的畫面，實現了。

因為莫陞要在醫院照顧莫母的關係，他便無法到安養中心服務，這讓他覺得很對不起紀憶年。

但紀憶年反倒鼓勵莫陞多與莫母相處，畢竟這是十多年來，母子倆感情最好的時候，而且莫母又有病在身，莫陞本就該陪著她。

紀憶年也會找時間去醫院探望莫母，莫母見到她也很歡迎。她真的很喜歡紀憶年這這個孩子，雖然第一次見面時，她對紀憶年有些微反感，但越是跟她相處，就覺得陪在莫陞身邊的人是她真好。

「憶年，妳不用常過來看我的，莫陞也是，你們都很忙，別老是來醫院了。」莫母不希望他們過度勞累。

紀憶年搖搖頭，語氣柔和的說：「莫阿姨，妳別擔心我們。妳放心休養吧。」

莫陞贊同紀憶年的話，「我不認為來醫院照顧妳，我的課業就無法兼顧。」

莫母瞪大眼睛，隨後無奈一笑，「嗯，你從來沒讓我失望。」她看向紀憶年，向她微微一鞠躬，語氣誠懇的說：「憶年，以後我不在了，我們莫陞就交給妳了。」

紀憶年看到莫母的舉動，急忙擺擺手，慌張地說：「莫阿姨，妳別這樣。我跟莫陞會照顧好彼此的。而且妳一定會長命百歲的！一定可以的！」

莫母感慨萬分。她知道自己的時間不多，能夠陪著莫陞的時間不多了。

數年後——

大學畢業，紀憶年在社區服務機構擔任心理諮商師。

她待人親切，對每一位輔導對象都極有耐心，因此深受輔導對象的喜愛。

莫陞則是考上北部的正式教師，在一間小學擔任導師。

紀憶年原以為莫陞會不習慣跟孩子相處，但他卻十分得心應手，面對國小孩子的惡作劇，會嚴厲的指責，但也會告訴他們正確的觀念。

他應用他的專業知識及耐心，讓孩子在學習課內知識之餘，也學習到做人處事的道理。

他也深受家長的信任，被教育部譽為榮譽教師，在學校內的人氣飆漲，也深得幾位年輕貌美的女老師青睞。

有一天在學校，一位穿著紡紗長裙，腳踩高跟鞋的女老師，一看到莫陞，便直直走向他。

「莫老師。」

莫陞聽到呼喚，立即轉頭。看到女老師後，親切的向她問好，「姚老師，妳找我有事嗎？」

姚老師嫵媚一笑，用手撥了一下自己的頭髮，「莫老師這個周末有空嗎？」

莫陞偏頭思忖片刻，「嗯……我打算回南部一趟。」

「有同行的對象嗎？我最近剛好想到南部去走走，不如我們一起去？」姚老師的身子越來越接近莫陞。

莫陞退了一步，伸出手，將手背面向姚老師。

姚老師看了半天，不解的問，「請問，莫老師你這是什麼意思？」

莫陞動了動手指，莞爾說：「抱歉，我南下是要去提親的。」

「蛤！」姚老師驚訝的大喊一聲，「莫老師要結婚了！」

莫陞頷首，臉上洋溢著幸福，「我們已經登記了，最近就要舉行婚禮。到時候也歡迎姚老師前來參加。」語畢，他轉身離去。

姚老師目瞪口呆地看著莫陞的背影，心中的如意算盤因為他左手無名指上的戒指而全盤打散。

長跑十一年，莫陞和紀憶年在今年要踏入禮堂了。

★

婚禮在年底舉辦。

準備婚禮的這段期間，紀憶年跟莫陞都很忙碌。白天上班，下班後開始分工列舉婚禮當天要邀請的客人名單。紀憶年堅持請帖信封上的名字要親自寫，因此她又特地用幾天夜裡，對照名單，在信封上寫下客人的名字。

原以為婚禮越是靠近，幸福越是真實，但，不幸的是……莫陞他，發病了。

莫陞他變得不常說話，情緒也變得有些暴躁，很容易焦慮。

莫陞發病後，紀憶年立刻帶他去找藍醫生。藍醫生幫他做了一系列的檢查，發現他原本趨於穩定的病情又開始惡化。

紀憶年馬上想到的便是準備婚禮的勞累，以及時間上的壓力。

回到兩人同居的透天厝，紀憶年立刻提出取消婚禮的想法，但瞬間被莫陞否決。

她急躁的說：「為什麼不取消？現在要以你的健康為優先考量，取消婚禮吧！」

「不，婚禮要如期舉辦！」莫陞堅定的說。

聞言，紀憶年不禁蹙眉，口氣也帶著惱怒，「莫陞，你多替你的身體著想啊！辦婚禮我也無法笑著走入禮堂。反正請帖還沒寄出去，婚紗照也可以取消，父母那邊我會去協調，所以，我拜託你，取消吧！」

莫陞笑著搖搖頭，走到紀憶年面前，將她擁入懷裡，「我一直很想看到我們憶年穿婚紗，我西裝筆挺地站在妳身旁，妳攬著我的手臂，我們走在紅毯，往舞台走去。這是我在腦海中描繪多年的畫面。憶年，妳能夠達成我的心願嗎？」

紀憶年沉默不語，給不出答覆。她完全不知道莫陞的想法，她感到鼻酸，覺得自己才是那個自私的人，是她沒有考慮到莫陞的想法。

「莫陞，辦婚禮吧！我想完成你的心願。」

聞言，莫陞激動的抱緊她，在她的臉上重重一吻。他感謝紀憶年願意接受他如此自私的要求。

請帖發送出去，婚紗照也拍攝完成，婚宴會館的流程也全部安排妥當。紀憶年覺得自己瘦了一圈，而莫陞日漸消瘦的臉龐，烏髮間冒出的幾根白髮，她看在眼裡，心裡很難受。

他在記憶方面越顯吃力，紀憶年擔心之餘，也勸他辭掉工作，專心休養。

但莫陞不肯，他好不容易實現夢想，如果不為社會做出點貢獻，他無法安心休養。紀憶年拗不過他，也只好順著他的意思，讓他繼續教書。

年底，兩人舉辦了婚禮。婚禮當天，紀家人特地北上，紀實麟大學讀機械系，畢業後成為某間企業的員工。紀蒔音目前大四，她是室內設計系目前仍在趕著交出畢業作品，因此婚禮結束她又要趕回學校趕工。

莫母出席時，是由莫父推著輪椅進入會場。

這幾年莫母的身子虛弱到只能靠著輪椅行動。但莫陞的終生大事，她是絕不可能缺席的。忍著疼痛，她也要抵達婚宴現場，以新郎母親的身分出現在眾人面前。

至於范筱菁當然不會缺席，但也來了個稀客——魏宇任。

當初紀憶年一直猶豫著是否要對他發送請帖，不過最後還是寄出邀請，只是沒想到魏宇任會前來參加。據說魏宇任畢業後進入父親的公司從基層員工做起，聽說這還是他主動要求的。而這些消息全都是八卦女王范筱菁告訴她的。

看到每個與她結下緣分的人都朝著自己人生的目標努力，紀憶年感到很欣慰，同時她也在心裡替每個人加油打氣。

每一段緣分都有其價值所在，紀憶年真的很感謝緣分讓她與莫陞成為鄰居、青梅竹馬、同學。因為有這段緣分，因為遇到莫陞，她才是紀憶年，而他也才能是莫陞。

相互扶持、包容、喜歡，便是他們活在這世界上最重要的課題。

結婚第三年，紀憶年懷孕了。身懷六甲的她，該是要活得悠閒自在，迎接寶寶的誕生。但莫陞的情況，卻讓她的心情一天天鬱悶。

很多時候，莫陞會淡忘他學生的名字、授課的內容，一天下來發生什麼事也很容易忘記。

雖然如此，莫陞自己很清楚，即使他遺忘許多事，但在他的腦海中，紀憶年的身影尤為清晰且美麗動人。

某天，他因為服用藥性強烈的藥物，腦袋昏昏沉沉的，頭枕在紀憶年的大腿上，伸手輕撫她微微隆起的肚子，喃喃自語道：「孩子，不知道你生出來會像誰呢？像媽媽嗎？還是像爸爸呢？」

聞言，紀憶年不禁笑了，「現在說這些太早了吧。」

莫陞輕笑了笑，仰起頭，望向紀憶年，「如果可以的話，我希望她是個女孩，她一定會長得跟妳很像，跟妳一樣都是個善良的人。」

紀憶年愣了幾秒後，靦腆一笑，沒有說話。

「憶年，我想問妳一個問題。」莫陞的表情變得嚴肅。

紀憶年挑眉，好奇的問，「你想問什麼？」

莫陞愣了片刻，思考著如何啟齒。

「憶年，如果哪天我真的忘了妳，妳會怎麼辦？」

「沒關係的。我會永遠記著你，因為，你永遠活在我的記憶裡……」

語畢，紀憶年對著莫陞露出燦笑。

莫陞笑了笑，輕聲說：「憶年，我們的愛不需要天長地久，只需要曾經擁有。如此足矣。」

紀憶年謹記莫陞的話，此話，深深烙印在她心上。

或許她的出生是帶著使命，而那個使命，便是由她……謹記莫陞的人生。

儘管她成為他記憶中的陌生人，她不會忘記她和他一同經歷的點點滴滴。

幾個月過去，紀憶年誕下一名男嬰，取名為莫恩。莫恩，莫忘他人的恩情，即是紀憶年與莫陞對這孩子最大的期許。

隨著孩子一天天長大，莫陞的病情也一天天嚴重。

那一天，是週日，一如往常的炎熱天氣。紀憶年在陽台晾衣服，已然國小高年級的莫恩正在客廳寫功課。莫陞則坐在客廳的沙發上，雙眼無神的看著電視。

莫恩寫完功課，抬起頭呼喚莫陞，卻遲遲得不到半點回應。

紀憶年晾完衣服從陽台走回客廳，聽到莫恩的呼喚，再看向莫陞，她倒抽一口氣，緊接著，眼眶湧現出淚水。

莫恩瞧見母親在哭泣，他急忙走到母親身旁，抱著紀憶年的腰，輕聲問道：「媽媽，爸爸怎麼了？為什麼我叫他他都不回我？媽媽又為什麼哭呢？」

紀憶年以指腹拭去淚水，低下頭看著莫恩，以沙啞的嗓音說道：「莫恩，你要記得，雖然爸爸忘了我們是誰，但是在爸爸心中，他還是愛著我們的。他真的很愛很愛我們莫恩哦。」

儘管事前已經做好心理準備，將每一天都視為最殘酷的一天，可突然來臨，還是令她措手不及，傷心欲絕。

莫恩國小高年級時，莫陞遺忘了家人，遺忘他是誰。

在莫恩高中時，莫陞因為多重器官衰退，搶救過後，仍宣告不治。

儘管莫陞離世，那些曾經相處過的回憶都被紀憶年記在腦海深處。每每回想，便會淚流滿面，引出無數思念。但他們彼此相愛的記憶，紀憶年相信，莫陞就算到了天堂，依然記著……

回憶結束。講述這段往事的時間也不過十多天，但紀憶年卻感覺自己再次經歷了那段既痛苦又幸福的時光。

紀憶年闔上日記，擦拭眼角的淚水，接著，面上掛著微笑，平淡的說：「孩子，怎麼樣？精彩嗎？」

「嗯！」小男孩用力的點頭。

下一秒，他蹙眉，歪著頭看著紀憶年，「奶奶，爺爺是笑著離開的嗎？」

紀憶年愣了一下，隨後將目光看向窗外，此時外頭的天氣就與莫陞離世那天的氣候十分相似，「你爺爺他啊，笑得可開心了呢。」

因為他離開時不帶著遺憾，是帶著無盡的回憶離開。

即使他已然忘卻一切。

小男孩似懂非懂的點點頭。

小男孩母親的聲音從書房外傳了進來。

「望陞——過來幫媽媽的忙。」

他跳下小圓椅，微微一笑，「奶奶，謝謝妳告訴我妳跟爺爺的故事。我先去幫媽媽的忙囉。」語畢，他小跑步離開書房。

紀憶年莞爾一笑，緩慢起身，將日記小心翼翼地收進抽屜內。

這本日記是她偶然間發現的，她也才知道莫陞一直以來有寫日記的習慣。從小到大，日記內寫滿他的心情，紀錄他的心聲。這才讓她發現，她始終沒有真正了解過莫陞這個人，他仍有很多事情沒有對她說。

可是她不介意，因為她只要知道，莫陞是真的很愛她，如此就足夠了。

她與莫陞的孫子，名叫莫望陞，這名字是他父親取的，當初莫恩向紀憶年解釋孩子名字的由來時，紀憶年不禁紅了眼眶——

「我希望這個孩子永遠記得爸，記得他的爺爺名叫莫陞。」

她將日記收進抽屜內後，欣慰一笑。回憶當年的點點滴滴，那些青澀時光中的酸甜他們盡數嘗過。即使活得再辛苦，也要笑著活下去。

回憶當年，他們的愛必然會傳承下去，記憶也將永存於世。

憶年，憶年，她想，無論幾年，她都會永遠記得這一世她與莫陞經歷過的一切。

這是一段不朽的故事。

故事將由他們的孫子繼續流傳下去……

【正文完】

番外一：第一次告白

某天，當紀憶年來到書房，偶然翻閱被莫陞擱置在桌面的日記，她赫然發現，某一篇日記，竟是莫陞的告白——

某年某日的午夜。

我不喜歡紀錄日期的原因便是因為我不想把時間侷限於每一天，我希望這本日記能夠永遠被留存，即使哪天我不在了，我希望日記內的世界是永恆的。

原以為今日的我依然活得不自在且痛苦，但那個平衡卻被她打破了。

我很羨慕她能夠擁有一個快樂的家庭，即使她的父親拋下他們離開，但她依然擁有愛她的媽媽及弟弟妹妹，那是我這輩子也得不到的東西，名為親人的東西。

紀憶年總喜歡跟我比成績，每次和她對上眼，都會覺得她很討厭我，她認為我總搶走她的第一名，但是她卻不知，我對第一一點興趣也沒有，如果可以，我願意雙手奉上第一名的寶座，可惜我做不到。

我們倆明明認識很長一段時間了，但我對她也說不出有什麼感覺。直到最近，我發現這個女孩似乎不像我印象中的那般堅強。她一直在勉強自己，無論是課業、家庭更或者是班級，她好像把自己想得太厲害了，但她卻沒有那麼多力氣去應付這些事。然而，我自己又何嘗不是如此呢？

只是，在我對她的認識越多後，我也在不知不覺間開始關心起她。我希望能夠封存她的笑容，希望她總是笑著，別像我一樣愁眉苦臉。她的笑容很美，每當我看見她的笑容，我心裡的那份悸動便無法停止，我甚至懷疑我的心臟出了問題。但加速的跳動也令我更加明白自己的心意。

我……是喜歡她的。

這句話我只想記錄在日記內，不想讓她知道，若是被她知道了，或許她會以厭惡的表情看著我吧！不曾擁有便不必去擔負失去的痛苦，所以我選擇漠視自己的心意。

即使她仍討厭著我，但只要我喜歡她就沒問題了。

我喜歡紀憶年，喜歡那個愛逞強的女孩。

在今日我將我的心意寫在日記，我想讓這份感情被永遠保存著。

莫陞　筆

那一滴滴墜落至桌面的淚滴，在桌面聚集成小水漥。

她無法控制自己的情緒，任憑眼淚滑落臉龐而不願抹除。

原來莫陞比她所想的還喜歡自己，原來他把自己的感情藏得那麼深，原來……

再多的原來也已無法改變他離去的事實。

但至少他在此生擁有了他渴望多年的親人，擁有他本想封存的感情，他是毫無遺憾的離開了。

被哭泣聲吸引而來的莫恩走入書房來到母親身邊，「媽。」

紀憶年隨意抹去淚水，抬首時，她的臉上掛上了笑容，「莫恩，爸爸他真的很愛我呢！」

莫恩也感到一陣鼻酸，他用力的點頭，哽咽的說：「嗯！爸爸他這一生最愛的人就是媽了。」

這是莫陸第一次的告白，雖是第一次，卻也成為永恆。

番外一　第一次告白【完】

番外二：記憶外的世界

這個世界沒有能夠讓時間倒轉的道具，也沒有能改變歷史的道具。
這個世界的「如果」，大多都只是我們心裡期望，多半在現實無法達成的願望。
但，如果真的有如果，在那記憶外的世界，她和他和他們的孩子，此時應該幸福的生活著……

「莫恩！你跑哪去了！你玩具又亂丟了，我下次不買新玩具給你囉！」
原本正在廚房炒菜的紀憶年，一走出廚房，看到客廳地板上都是玩具，她簡直氣炸了，直接大喊莫恩，要他出來收拾。
可是喊了老半天莫恩都沒有出現，也不知道他躲到哪去了，這也讓紀憶年更火大。
「莫恩！你再不出來，我就罰你一個禮拜不准看電視！」
「老婆，兒子又惹妳生氣啦？」莫陞面帶著笑從書房走出。
他走到紀憶年身旁，伸手攬著她的腰，將她拉靠近自己。
「你知道莫恩躲到哪了嗎？我叫他好幾次他都不出來。你看看，滿地的玩具，等一下踩到了怎麼辦？這會害人受傷的！」紀憶年不停向莫陞抱怨。
莫陞耐心的聽她抱怨完後，輕拍她的背，幫她順順氣，安撫她的情緒，「老婆，莫恩現在才小學二年級，是調皮搗蛋的年紀，妳就原諒他一次，好嗎？」

紀憶年長嘆一口氣，無奈的說：「唉——老公，不能太寵孩子，這樣他以後會無法無天的。我可不希望我的孩子在學校是個讓老師頭痛的學生。」

莫陞輕笑了笑，溫柔的說：「我知道妳擔心的事情，可是身在教育現場的我，看到的小二學生就是這副德性啊。」

「所以你現在是在責怪我管太嚴了嗎？」紀憶年瞥向莫陞。

「我不是這個意思……」莫陞感覺得出來紀憶年的怒氣還沒有消退，為了討好親愛的老婆，他只好板著臉，嚴厲的喊道：「莫恩，別躲了，快出來！」

過了不久，莫恩才扭扭捏捏的從電視機下的櫃子爬了出來。

紀憶年看到莫恩從櫃子爬出，她差一點氣昏頭，「莫恩小朋友，就算你再怎麼嬌小，你怎麼會躲在那裡啊！」

莫陞也覺得很好笑，無奈的說：「兒子，剛剛我和媽媽說的話你都聽見了？」

莫恩微微頷首，緊張兮兮的瞅著紀憶年，「媽咪，對不起。」

一句對不起，紀憶年的怒火就消了一半。她離開莫陞，走到莫恩面前蹲了下來，「你知道自己做錯什麼嗎？」

「我、我沒有收拾玩具就跑走了……」

既然莫恩自己知道做錯事了，紀憶年也不再刁難他，摸摸他的頭，平淡的說：「那你知道該怎麼做了吧。」

莫恩沒有說話，只是一味點頭，接著就跑去收拾地上的玩具。

紀憶年站起身，看到莫陞笑著看著她，「有什麼好笑的嗎？」

莫陞搖頭，淡淡的說：「我覺得我老婆真的好溫柔。」

紀憶年挑眉，「你現在才知道？」

莫陞抱住她，將她緊緊抱在懷中，低聲說：「我早就知道，只是現在又更愛妳了。」

紀憶年臉上一紅，手握拳輕打莫陞的胸膛，「都多大年紀了還喜歡說甜言蜜語。」

莫陞笑得更開心了。他抓住紀憶年的手，柔聲道：「對老婆說再多甜言蜜語也不夠，因為我就是這麼愛妳。」

紀憶年被這句話所感動，兩人的臉頰逐漸靠近，唇就快要碰在一塊時，只聽到莫恩大喊：「媽咪，怎麼有燒焦味？」

紀憶年立刻回神，她這才想起她剛才是在炒菜啊！

「糟了糟了，菜燒焦了啦！」她慌慌張張地推開莫陞，往廚房奔去。

沒嚐到甜頭的莫陞，沉著臉，低頭看著睜著大眼望著他的莫恩。

莫恩根本不知道自己壞了爸爸的好事，只覺得跟爸爸對視很有趣，「爸爸，我們來比誰先眨眼好不好？」

「不好。」莫陞冷漠地回了句，接著也走向廚房，進廚房幫紀憶年的忙。

莫恩不解的搔了搔頭，「爸爸怎麼看起來很生氣？爸爸好奇怪。」

當莫恩升上高中的時候，有一天，他收到了情書。他抱著忐忑的心拆開情書，看到對方的名字後，他又急忙將情書收進書包。

放學後回到家，用餐時莫恩愁眉苦臉的模樣被紀憶年看到了，紀憶年好奇他發生了什麼事，「莫恩，你在學校發生什麼事了嗎？不然你的心情怎麼這麼差？」

莫恩原本不想提的，但是看到自家父母都一臉擔憂的看著他，他只好將情書的事情說出口。

紀憶年聽完後，莞爾一笑，不以為然的說：「收到情書是好事啊，代表我們莫恩有女人緣嘛。」

「媽咪，那妳高中的時候有收過情書嗎？」莫恩問。

莫恩問出了敏感的問題，這讓紀憶年瞬間變得尷尬，因為她察覺到莫陞的視線。

那視線想無視都沒辦法啊！

「呃……」紀憶年根本不知道怎麼回答啊！

「老婆，我也想知道妳有沒有收過情書耶！」莫陞滿臉笑容注視著她。

紀憶年的身子忍不住抖了一下，怎麼莫陞的臉看起來這麼陰險！

她吞了一口口水，才說道：「我怎麼可能有收到情書！我的初戀可是你爸爸呢！」

「真的嗎？所以媽咪妳只跟爸爸談過戀愛啊？」莫恩覺得很新奇，繼續追問下去。

紀憶年看到莫陞臉上的笑容漸漸柔和，她的身體也逐漸放鬆，「嗯，我就只跟你爸爸談過戀愛而已，然後我們就結婚生下你了。」

「原來啊，那爸爸你呢？你有收過情書嗎？」莫恩將視線轉向莫陞。

莫陞淡笑一聲，「有哦。」

聽到這個答案紀憶年倒是沒有太多反應，反正莫陞有女人緣她也不是第一天知道。

「那爸爸的初戀是媽咪嗎？」莫恩激動的問。

莫陞沒有半點猶豫，說：「沒錯，你媽媽是我的初戀，也是她教會我如何愛人。」

紀憶年羞赧一笑，「我跟你爸爸很有緣，我們同班十二年，高中的時候才在一起的。」

莫恩恍然大悟，驚訝的說：「原來是這樣啊！難怪你們經常在我面前曬恩愛。」

紀憶年蹙眉，和莫陸對視一眼後，兩人都笑了出來。

「那是因為我們都很愛很愛對方啊！」紀憶年說。

在記憶外的世界，是個存在「如果」的世界。在這裡，莫陸和紀憶年以及他們的兒子莫恩，幸福快樂的笑著。

他們，都活著。

番外二　記憶外的世界【完】

後記

大家好，我是摸西摸西。

這是我出版的第二本書，真的很感謝編輯及出版社的協助，這本書才能順利出版，大大感謝呀！

《記憶裡的陌生人》原名為《你活在我的記憶裡》。當初我讀了一本有關失憶症的書，對失憶症有了一些了解後又讀了《你的孩子不是你的孩子》這本書之後，《記憶裡的陌生人》的架構出現了。

本書主角莫陞罹患的青少年型失智症，跟一般我們認知的阿茲海默症其實是一樣的。阿茲海默症屬於長者可能會罹患的疾病，不過，告訴大家一件事，近期中年人罹患阿茲海默症的機率大幅提升，家中如果有長輩出現某些症狀，一定要特別注意！

人這一生，生老病死，真的很難預料。平常多關心自己的家人，多陪伴他們，到了最後，才不會後悔。也是因為去年的我經歷了離別，也更有感觸。

我用書中的幾位角色，讓讀者看見不同家庭的故事。每個人都帶著不同的故事，有些時候，因為我們的不了解去誤會一個人，這是對一個人很大的傷害。

本書核心人物紀憶年，她是最讓我心疼的孩子。她被迫早熟，自小承擔著許多家務事，認為父母工作辛苦，不想麻煩他們，於是便獨自擔下。

而男主角莫陞絕對是我寫過最悲慘的男主無誤。母親帶給他極大壓力，他本身又有心臟疾病，最後又罹患失智症，真的是多災多難啊！

不過，看到故事的最後，你們應該可以知道，莫陞他這一生雖然過得辛苦，卻也很充實，而且最後，他是帶著笑容離開的。

憶年和莫陞的並沒有談一場轟轟烈烈的愛情，但是他們平淡，彼此互相扶持的愛情，卻也更貼近現實。

楔子的部分是由憶年的角度切入這個故事。藉由回顧她與莫陞發生的事情，讓大家知道她與莫陞的辛苦之處，以及他們是如何改變他們的人生。

希望這多多少少有鼓勵到某些有著相同處境的讀者。

這是個帶著遺憾的結局。

卻也反映出人生無常，並非所有所有人都能白頭偕老，有的人比我們提早展開另一段生活。

因為在連載時有許多讀者對主角的命名感到好奇，在此就由摸西來為大家解答。

女主角紀憶年，一開始我便設定她為一個記憶力極佳的女生，因此，記憶兩個字便出現在她的名字裡，由同音字「紀」為姓氏。接著，因為這是一本由她回憶的故事，時間已經過了好多年，所以年又跑出來了，紀憶年三個字由此誕生。

命名完後，自己也覺得很特別，跟這次的故事真的很搭，而且紀憶年也是本書的核心。

男主角名叫莫陞，我在文中提到，一開始紀憶年認為自己與莫陞真的就如同陌生人一樣陌生，但這是後來我才發現的。起初莫陞名字由來是由「高深莫測」這個成語創造出的。

我不斷嘗試怎樣拼湊才會比較順口，最後莫陞就誕生囉！

想出他的名字，正好想到跟陌生兩個字讀起來一樣，所以一開始莫陸的個性也確立了。
這就是本書男女主角的名字由來。

我想，每個人心中都有一個人，永遠活在你的記憶裡。
即使那個人已經離開了，他／她的故事，也一定會有人傳承下去。
因為，這個世上至少會有一個人記得他／她。
最後，很感謝在寫作這條路上一直支持著我的讀者、家人及朋友。
感謝你們，因為你們摸西才能堅持完成這本書。

要青春88　PG2645

要有光 FIAT LUX

記憶裡的陌生人

作　　者	摸西摸西
責任編輯	石書豪
圖文排版	陳彥妏
封面設計	蔡瑋筠

出版策劃	要有光
發 行 人	宋政坤
法律顧問	毛國樑　律師
印製發行	秀威資訊科技股份有限公司 114台北市內湖區瑞光路76巷65號1樓 電話：+886-2-2796-3638　傳真：+886-2-2796-1377 http://www.showwe.com.tw
劃撥帳號	19563868　戶名：秀威資訊科技股份有限公司 讀者服務信箱：service@showwe.com.tw
展售門市	國家書店（松江門市） 104台北市中山區松江路209號1樓 電話：+886-2-2518-0207　傳真：+886-2-2518-0778
網路訂購	秀威網路書店：https://store.showwe.tw 國家網路書店：https://www.govbooks.com.tw
總 經 銷	聯合發行股份有限公司 231新北市新店區寶橋路235巷6弄6號4F 電話：+886-2-2917-8022　傳真：+886-2-2915-6275

出版日期	2022年1月　BOD一版
定　　價	300元

讀者回函卡

國家圖書館出版品預行編目

記憶裡的陌生人 / 摸西摸西著. -- 一版. -- 臺北
市 : 要有光, 2022.01
面 ; 公分. -- (要青春 ; 88)
BOD版
ISBN 978-626-7058-15-2(平裝)

863.57 110021599